王稼句——编

扬州旧话两种

目　次

扬州续梦

整理弁言 \ 3

惜馀春 \ 6
陈家烧饼 \ 9
桥畔诗人 \ 13
弹琴老妪 \ 16
富春茶社 \ 18

诗　牌 \ 21

船　娘 \ 25

寒　生 \ 28

观音香市 \ 32

茶　客 \ 35

春　联 \ 38

广陵花社 \ 42

聚　聚 \ 45

风　筝 \ 48

惜馀春续记 \ 52

惜馀春三记 \ 55

翠　园 \ 58

绿杨村 \ 61

教　场 \ 64

湖上游人 \ 68

《小游船诗》\ 72

五亭桥下 \ 76

扬州面点 \ 79

图书馆桥 \ 82

目　次

闲　人 \ 86

长堤春柳 \ 89

扬州浴堂 \ 93

《扬州好》\ 97

闲话扬州

整理弁言 \ 103

扬州人的生活 \ 107

扬州的风景（上）\ 128

扬州的风景（下）\ 157

附录：

　关于扬州的参考书一斑 \ 198

　扬州的形势 \ 201

　扬州的沿革 \ 204

　扬州的杂话 \ 207

扬州续梦

洪为法 著

整理弁言

洪为法先生，祖籍江苏仪征，世居郡城扬州，一九〇〇年生人，曾名炳炎，字式良，一作石梁。早年就读江苏省立第五师范学校时，深受国文教师李涵秋影响，试作小说，一九一六年发表习作。因受五四新文化运动感召，开始创作新诗，发表于《时事新报》副刊《学灯》。一九二一年考入国立武昌高等师范学校（后改国立武昌师范大学）国文史地部。一九二二年起在《创造季刊》、《创造日》等发表小说、诗歌和评论，受到郭沫若赞赏，加入创造社，与周全平合编《洪水》。一九二六年冬，应郭沫若之邀去汉口，在国民革命军政治部短期工作，未久任湖北省立第二中学事务主任，兼任《农民日报》副刊编辑。"四一二"事变后，先后在扬州、镇江、曲阜、上海等地中等学校任教，其间也曾在国民党江苏省党部、上海市党部等党政部门任职。抗战胜利后，任江苏省政务厅秘书、江苏省立镇江教育厅民众教育馆馆长、南京市教育局督学等职。一九四九年春起，先后在扬州中学、上海

南洋模范中学任教。一九五二年调入苏北师范专科学校（后改扬州师范学院），任中文科副主任，兼图书馆馆长，同时兼任扬州市文联副主席。一九五八年被划"右派"，一九五九年被划"历史反革命"，从此便坠落深渊。一九七〇年病卒，终年七十一岁。

纵观洪为法的写作生涯，涉猎广泛，显示了多方面的才华，乃属学者型作家。他在散文、小说、诗歌创作上均有成就，出版了散文集《长跪》、《做父亲去》、《为法小品集》、《谈文人》，小说集《呆鹅》，长诗《他，她》、《这工头阿桂》，词集《双玉轩词賸》。小说《父子》曾入选《中国新文学大系·小说三集》。同时他对于古典文学尤有精深的研究，出版了《绝句论》、《律诗论》、《古诗论》、《曹子建及其诗》、《左传论》。此外，他还著有《民族独立运动概论》、《文人故事选》、《总理故事集》、《国文学习法》等，编有《莲子集》、《传记文选》、《李渔文选》等。二十世纪五十年代出版者，有《认识〈真正的人〉》、《柳敬亭评传》、《郑板桥故事》三种。就一个长期从事教职的作家来说，著述堪称丰厚，从中可以见得他的勤奋。

《扬州续梦》是在《申报》副刊《春秋》上开辟

整理弁言

的专栏,自一九四六年九月十八日至一九四八年四月七日,断断续续,共二十八篇,追忆了扬州风土掌故,市井风情,一时脍炙人口,被誉为这一时期《春秋》副刊上最受欢迎的专栏。这也确乎是洪为法散文的代表作,深深浅浅带有感伤主义情调,语言斑驳而又精美,且富有节奏感,在记述扬州的诸多文章中,别开生面,如陆机《文赋》所谓"虽一唱而三叹,固既雅而不艳"。

王稼句

二〇二四年三月五日

惜馀春

十几年前的事了。"惜馀春",这是一个多么典雅而又别致的名字,却给扬州教场北首一爿极小的茶社用着,总是一件够人注意的事呀。

茶社的里面,只有三五张桌子,也只有少数的老顾客每天在那里,极悠闲地看报、吟诗,或者着棋。茶社的主人姓高,因为生理上的缺陷,人都称他高驼子。他听到倒也泰然,因为呼牛呼马,在他看来,是没有什么荣辱在这里面的。他一面管账,一面又偷闲参加到一些老顾客的群体中去看报、吟诗,或者着棋。据说他已集好了许多诗稿,还没印出来问世,可是却也有名句传诵于人口,如"光阴似墨磨俱短,时事如棋劫更多",这不是很尖新的吗?

这惜馀春里面的陈设,都是古色古香。墙壁上除去一些字画外,更有顾客们此唱彼和的诗稿,以及某某顾客征诗、征联,以及征求诗钟的小启。有时还张贴着征求的结果,以及奖品分配的办法。谈到奖品,也很典雅而又别致。可以第一名是茶一壶、面一碗,第二名是茶一壶、干丝一碗，第三名是茶一壶，第四名以下是信封几只、信纸几张。因此，这里风雅的气氛很是浓厚，那些着短衫肚里缺少黑墨水的人们，都像自惭形秽地不敢走进去了。

在这惜馀春里，也可以有饭菜吃，还不都极简单，只是炒肉、烧豆腐之类。主人会代顾客们打算得很周到，不可做得多，也不可做得过好，恐怕顾客们吃不了，并且花费太多。如是顾客们有什么特殊的烹调方法，也可以亲入庖厨，自行选材，自行制作。总之，主人总是站在顾客们一边，十足地表示他自己不是惟利是图的人，直似混迹朝市的大隐。

主人原籍是福建人，可是寄居在扬州却已经很多年。他的叔父，据说在前清末年曾在扬州府署里做过房师。因为批阅文字喜欢用肥大的点子，于是便得到高大点子的绰号。后来家里也积聚了一些钱，并且由这位惜馀春的主人高驼子，在教场开了一爿很大的面馆，这面馆叫可可居。韩愈《送李愿归盘谷序》上不是说过吗？"采于山，美可茹；钓于水，鲜可食"，这就是可可居取名的根据了。

　　高驼子开设了可可居以后,因为他家里原也是些笔耕的人,所以顾客中的文墨之士,每每受到特殊的优待,这该是惺惺相惜的意思。主人除了照料店务,就和这些文墨之士谈诗论文,倒很闲雅。可惜这些文墨之士,多不是富有的人,每日品茶吃面,大半记账。日子久了,欠账多,现金少,主人终于因此现金周转不灵,没法再撑,便只有将可可居闭歇了。到了可可居闭歇以后,那些欠账的文墨之士,自然有些过意不去,可是如要为主人恢复原状,又似乎力有未逮,便大家凑集了一些钱,由主人另外开设一爿小小的茶社。定名"惜馀春",对于过去的可可居,实也怀着无限依恋的意思哩。

　　由可可居变成惜馀春,恰如从百花怒放的仲春,走向花事阑珊的春暮。馀春虽可爱惜,可是春光总要归去的,这正象征惜馀春的命运,在抗战以前随着可可居又告闭歇了。唐人的诗歌里说:"三月正当三十日,春光别我苦吟身;共君今夜不须睡,未到晓钟犹是春。"想来爱慕风雅的高驼子当惜馀春闭歇时,会很容易地想念到这首诗,也有这首诗中所表现的情怀罢!

　　　　　　　　　　　　　　(《申报》1946年9月18日)

陈家烧饼

凡是住居在扬州比较久的人，该都知道陈小四家的烧饼是很好吃的。这烧饼如蟹壳黄、徽州饼等等，不论甜咸，在战前有时竟会卖到一毛钱一只，可是生意却随着昂贵的价钱更兴隆起来。他的烧饼店开设在左卫街，这是扬州的金融区，那边的银行、钱庄，每天吃点心，总会想到他家烧饼的。

陈小四家的烧饼虽好，可是陈小四的脾气却很大。向他买烧饼，就同到医院去挂号就诊一样，有先来后到，必得按照次序。你要争先，或是催促一下，他会很不客气地把钱退还给你："请你到别处去买罢！"他这戆直的举动，自然不会讨人喜欢，可是为了要吃他做的烧饼，也就只有服服贴贴随他的便了。

他因为生意兴隆，挣了很多的钱，便尽心竭力地培植自己的三个儿子，并且他还有一位很贤惠而又识得几个字的老婆。至于自己，勉强能够读报，又能喝得几杯酒。每天晚上，在他停止了工作以后，先是看看报，接着便是很安闲地喝着酒。他常是带着朦胧的

醉眼,看看自己的贤妻佳儿,便做着美丽的好梦。他觉得自己每天做的烧饼,就同一方方的砖头一样,正在不断地铺着一条平坦的大道,终会送他到幸福的境地。在他想,现时的辛苦,还能换不到将来的快乐吗?可是三十年来,他这好梦却完全醒了。现在回想起来,这又是如何惨烈的一场噩梦呀!

噩梦的经过是这样,他的大儿子在小学里读完了以后,竟能托人介绍到电话局里去做练习生,又由练习生升到话务员。这是他到达幸福境地的第一座桥梁,当然很是喜欢,谁又料到这大儿子竟会患肺结核死了呢!接着他那很贤惠而又识得几个字的老婆,又因肺结核的袭击永远地离开了他,这真给与他心灵上极大的创伤。可是他这极大的创伤,随着时间,也像渐次痊愈了。原来他的二儿子由中学毕业以后升到大学,又由大学毕业以后,做了中学教师。这中学教师的地位,谁都知道比他大儿子曾经做过的话务员要高得多。并且他的三儿子也居然进了大学,还能自己挣扎着到日本去研究文学。这不是两座使他到达幸福境地更可靠的桥梁吗?

可是陈小四就更没料到,他那在日本的三儿子又是患的肺结核，于抗战发生的前几年死在日本。这个噩耗，他的二儿子没有敢告诉他，怕他再受不住这种打击，不过却时时为着自己忧虑，忧虑这结核菌的魔鬼也会来袭击。接着抗战开始，战争的火焰，很快地就燃烧到这扬州古城。他二儿子含着眼泪，随着千千万万的人们流亡到后方。总想有一天能带着胜利归来，好安慰多年辛苦的老父，然后再告诉他早已经死在日本的弟弟的噩耗。就因抗战的时期太长了，他二儿子竟没等到胜利的来到，忧虑变成事实，也被结核菌的魔鬼所吞噬了。这么，就结束了陈小四美丽的好梦，显露出一场惨烈的噩梦了。

陈小四的二儿子和三儿子的死亡，到了胜利后的现在，陈小四该都已完全地清楚了。他在抗战前几年，因为二儿子已经做了中学教师，收入足以维持家庭生活，便也不再做烧饼，把那烧饼店让给别人去开，不过最近却又在原处做烧饼了。这和辍演已久的名角忽又下海一样，生意依旧会兴隆的。只是他却再没有什么美丽的好梦了。现在在他眼前的剩了寡媳和孙女，他又能有什么，或者说又敢有什么希望寄托在她们身上呢！他只为了幸而被结核菌的魔鬼所遗弃下来的几

口，忙着维持生活的费用。他那手头做的烧饼，像已幻化成砌造自己墓道的砖头了。他在生活的道路上，争斗了几十年，却被结核菌战败，并且败得很惨。他自己没有想到，喜欢吃他烧饼的人们也没想到。想来他现在做的烧饼该已有许多血泪点染在里面，可是谁又会尝到这异样的滋味呢！

(《申报》1946年9月20日)

桥畔诗人

扬州的瘦西湖,似乎不能和"浓妆淡抹总相宜"的杭州西湖相比,却也不必相比。在扬州的花局里陈列着若干盆景,多很小巧可爱,看来这瘦西湖就和那些盆景是一样的。在那些盆景中,有时会放置着几块玲珑的小石块,这自然是很雅致的点缀。在战前的瘦西湖,如其论到雅致而又饶有别趣的点缀,一些竹篱茅舍以及疏疏落落的亭台,似乎都不够味,总该要数到那桥畔诗人了。

这桥是指北郭外的大虹桥。这桥畔诗人的姓名,知道的人就极少,瘦西湖的游客都称他是诗人。这位诗人,却不会写诗,只会诵诗。不过在一条蜿蜒的绿水里,两岸草木也青翠欲滴,还有各种秀媚的花儿在枝头或者草间开放着,这游湖必须经过的大虹桥,便横卧在绿水之上。就这桥畔的绿阴之下,会有一位白发苍然的老人,向着往来游湖的小船,吟诵着诗歌,这不是很雅致而又饶有别趣的点缀吗?称他是诗人,似乎也怪有意义的。

这位诗人手持着一根很长的竹竿，竿头还缀着一只小布袋。譬如说，有了游湖的小船经过他面前时，他一面吟诵着诗歌，一面将竹竿向小船前递去，小船上的人就会投几个铜子到那竿头的小布袋里去。原来他是以吟诵诗歌，代替了"老爷"、"太太"的呼号。许多游客对于他都像乐于解囊。因为置身在这样的景色里，能添上一位老人在吟诵诗歌，怎不使人发生许多诗意，又增加许多游兴吗？

游客们似乎从来没注意过这些问题，这位诗人究竟识不识字？他所吟的许多诗歌是谁个教给他的？他们只觉得这位诗人是很能适应环境的。他在春天，就吟诵着"故人西辞黄鹤楼，烟花三月下扬州；孤帆远影碧空尽，惟见长江天际流"这一类诗歌。在秋天，就吟诵着"青山隐隐水迢迢，秋尽江南草未凋；二十四桥明月夜，玉人何处教吹箫"这一类诗歌。并且他很幽默，对于一些游湖的少年，他会吟诵着"劝君莫惜金缕衣，劝君惜取少年时；花开堪折直须折，莫待无花空折枝"。对于一些游湖的妓女，他又会吟诵着"娉娉袅袅十三馀，豆蔻梢头二月初；春风十里扬州路，卷上珠帘总不如"。

桥畔诗人

除了雨雪载途，每日的大虹桥畔，这位诗人都是曳长了声调，向游客们吟诵诗歌。因为还有节拍，便也可以动听了。往来的游客们，只要身边有零碎钱，总会给他一些，不愿使他失望的。并且给与不给，他并不斤斤计较，还是很和蔼地吟诵着诗歌，这倒使人有些过意不去。因此，游客们的船只行驶到将要靠近他，听得他吟诵的声音时，多会互相查问一下，谁有零碎的钱。如是船上有了小孩子，这小孩子必抢着把钱递到那小布袋里去。这时，他会笑容可掬地道声"谢谢"，逗引得孩子们也格格地笑起来，或者还要他再添一首。这么，船只已是悠悠地前进了几丈远，还可听到他的馀音袅袅哩。

这该是瘦西湖上惟一雅致而又饶有别趣的点缀。可惜在抗战的火焰还未燃烧起来时，这位诗人便死了。自从这位诗人死了以后，虽是湖山无恙，吟诵诗歌的声音却再也听不到了。旧日的游人，每当再来湖上，经过那大虹桥畔时，似乎都有说不出的惆怅。

（《申报》1946年10月7日）

弹琴老妪

"低眉信手续续弹,说尽心中无限事。"这是浔阳江头商妇的哀音。可是在这哀音中,只充满着离愁别恨,若论她那迟暮之感,沉沦之苦,比之瘦西湖上的弹琴老妪,似乎又有霄壤之别了。

这瘦西湖上的弹琴老妪,经常弹唱的地点是绿杨村。许多老年的茶客都说,她在妙龄之时,原来也是一位名妓。为什么没趁着时光还未夺去她的姿色时,寻个归宿,便是"老大嫁作商人妇"也不可能,老者们就又慨叹着说:"那时的她,真个太红了,总以为花可长好,月可长圆哩!"

她在绿杨村卖唱的时期是很长的。最初的她,像还是老去徐娘。古典的服饰,配合着残存的风韵,很可令人怀想到过去绿杨城郭的繁华。因此,每天总还有不少的茶客花钱要她弹唱。她弹着月琴,唱着过时的歌曲,犹之子夜的鹃啼,深秋的蝉响,真够得听众们回肠荡气。可是时光又逼着她,将残存的风韵消逝了以后,要她弹唱的茶客,便也随着减少了。于是她只有在许多茶客面前自动地弹唱起来，弹唱了一会以后，便又自动地向茶客们讨索几文。讨索不是易事，她不知受到人家几多白眼，也不知向人陪了几多笑脸。再后来茶客们对她的态度，似乎随着她的老丑更是变得恶劣，于是她在弹唱时，缩到一旁，几乎连脸也不敢向着茶客了，只想利用自己摧抑的歌声，引起别人一些悲悯的心情。

不过她虽是被许多茶客们所遗弃，可是其中一些年老的人对于她，像还留存着未经毁尽的旧情。这就是常有的事。到了夕阳越过了西边的山头，暮色苍茫，渐次笼罩了大地，她收拾了月琴，带着疲倦和失望的情态，将要离开绿杨村的时候，会遇到一些老年的茶客，问问她卖唱的情形，更摇头代她惋叹，并且还会招呼茶房备一些点心送给她去吃。"这真谢谢×老爷了！"她说着，同时更向老者飘来媚眼。老者也撚须微笑。这时弹琴老妪和那老者，都像回复到少年时代，又温理着青春之梦了。可惜这绮梦终是要醒的！今日的瘦西湖上，弹琴老妪和那些年老茶客，再也不见其踪影，该已抛撒湖山，长眠地下了！

（《申报》1946年10月25日）

富春茶社

在扬州要吃点心,总该不会忘却富春茶社的。这富春在扬州人看来,不但点心好,茶好,桌子也清洁。茶是用龙井、珠兰、魁针三种茶叶搀合来泡的,龙井取其色,珠兰取其香,魁针取其味。如是一杯茶能色香味俱全,这不够人赞美吗?至于桌子,一般茶社里的都是油腻不堪,可是这在富春,却可使茶客们放心。洁白的衣袖即使久久压在桌上,也不会就被玷污了。因为那里对于每张桌子,每天都要刮垢磨光的。

这富春里面一些房屋,在过去都有一定的名称,虽没用什么匾额之类标记明白,却为一般人所公认,如乡贤祠、大成殿、不了了斋等等。乡贤祠是一些年老的乡贤们聚会的地方。房屋比较的矮,光线也就比较的差,别人多不愿进去,他们也不希望别人进去,因为那会扰乱了敲诗下棋风雅的氛围。大成殿是因为有一位姓江的固定在那里品茶。在过去,他的父亲品学兼优,人们都称做圣人。圣人的儿子,无疑的是小圣人。小圣人常坐的地方,就被称做大成殿。为什么不称做圣公府，似乎更为风趣而确切，这就不知其所以了。至于不了了斋，那又因为过去曾有几位投闲置散的人们专在那里品茶。他们既无什么社会上的地位，生活方面也不怎样宽裕，对于一切事，都抱着"以不了了之"的态度，于是这地方就变成不了了斋。此外有所谓教育局，那是教育界人士集中的地点。土地庙，那是面积太小，直和一座土地庙相仿佛。凡此等等，似乎都没有上述三处的定名饶有意趣。

可是这三处地方，近年以来都显然的异样了。乡贤祠里的乡贤们，逐渐地新陈代谢，并且也逐渐地稀少下去。那里的茶客，似乎换了一批厌嚣避烦的人们，只想藉这比较黑暗一些的地方，遗忘了眼前熙来攘往的现实，早没有往昔的风雅了。至于大成殿和不了了斋，时移世变以后，都已诸色人等俱全。小圣人既糊口四方，不能常到大成殿，而投闲置散的一些茶客，堕混飘茵，也早经升沉迥异，不能复行聚首于不了了斋。兼以茶社主人陈步云最近又不再负责，已将茶社的营业交给原来的茶役们合办，因此，便更少了一位满脸春风，殷勤招待的人物。这使得资格比较老些的茶客看去，总不免有沧桑之感。

不过,富春茶社,原来也只是一所花局,变成茶社,仅是民国初年的事。在未变成茶社以前,不过一些老前辈们借在那里坐坐。所有茶具等等,都是他们自己备办的。他们每天在花丛中品茗、敲诗、着棋、绘画。需要什么点心,总从别处购买来。据说有时还在那里飞觞醉月。那时他们曾定名为借团,后来该是因为人数渐渐地多了,应付不便,这才由花局的小主人,也就是前面提起的陈步云正式地开起茶社来。而那些老前辈,一时便都退居到乡贤祠的里面去了。他们因为和这地方关系太深,有些方面就会受到优待。譬如说,清早去泡了一壶茶,可以留下一半茶叶,到午后再来泡,只算一壶茶钱,这就不是别人所能享受的权利。到了现在,老成凋谢,这种情形再也没有了。所以我们如再从过去的借团,说到现在的富春茶社,所谓沧桑之感,将会格外地增加其浓度哩。

(《申报》1946年11月13日)

诗 牌

李斗的《扬州画舫录》中所写的过去扬州景物，早和春梦一样地消逝了，可是其中所提到的诗牌，在十五年前，笔者和任二北等人却曾藉此以为公馀惟一的消遣，也耗去不少的时光。

关于诗牌，在《画舫录》中是这样的记载着：

"诗牌以象牙为之，方半寸，每人分得数十字或百馀字，凑集成诗，最难工妙。休园、篠园最盛。近共传者，张四科云：'舟棹恐随风引去，楼台疑是气嘘成。'药根和尚云：'雨窗话鬼灯先暗，酒肆论雠剑忽鸣。'黄北垞云：'流水莫非迁客意，夕阳都是美人魂。'汪容甫云：'叶脱辞穷巷，莲衰扫半湖。'皆警句也。"

那时任二北正在镇江主持省立镇中，笔者也就在那里工作。闲来谈到《画舫录》中的诗牌，很是感到兴趣，便也决定制作一副来试试。可是如用象牙，我辈不是富有的盐商，断不可能。如改用竹子，既费事也不美观。结果便偷工减料，用那裱好来印名片的宣

纸制作,并且不采方形,改成矩形,每张上写一个字,简直和普通人家耍的纸牌差不多了。

纸的诗牌制作好了以后,大家多不赞同"每人分得数十字或百馀字,凑集成诗"的办法,以为过于呆板,缺少变化。反正叫做"牌",不如参用打马将的方法,倒还名符其实。于是更决定了新的牌律:(一)全牌三百字,名词、动词、代词、副词、介词等俱备;(二)同局至少二人,至多六人;(三)起牌、发牌,均依坐序;(四)首家起十四叶,馀均十三叶;(五)全局同意,得和牌重起;(六)得依序收他人所发之牌;(七)三百叶外,另有白叶若干,每人得留一白叶,代替任何理想之字,若是得第二叶,必发出;(八)成牌至少十字,至多十四字;(九)成牌句法,三言、四言、五言、七言,长短句不拘;(十)成牌之句,如同局之人多数否认者,应暂止成牌,继续原局;(十一)一人成牌,馀人得就所有,各自成句,依优劣次第录之。

牌律既决,牌字也得酌定。最初是由笔者选了一千馀习见的字,经大家一再删减,剩了三百字。其中名词最多,动词、形容词次之,其他词类最少。经多次实验的结果,已足连用,也就不再增加。

诗 牌

自此以后，公馀之暇，或留镇江在铁甓城头，或返扬州在平山堂畔，多是一局诗牌。开始时大家手法不熟，联想不灵，发牌收牌，常会弄巧成拙，费时很多，后来才渐渐地快起来。大约不足一小时，就可完成一局了。每局成牌以后，当时都曾记录下来，也多有可以成诵的句子，如"烟笼柳线遥添碧，雨卷江帆乱入楼"；"可怜一曲桃花扇，都是新亭旧泪痕"；"玉笛低歌闲对酒，夕阳红叶冷无声"；"离怀风乱叶，春半一帆遥"；"烟花怜别梦，风叶满空山"；"流水可怜碧，莺花又暮春"……

后来因为"一·二八"国难发生，大家便无雅兴耍此诗牌，并且不久以后，也就各怀苦闷，萍梗东西。只是二北在判离以后，还能压抑着离情，将诗牌的牌律、牌字以及各局凑成诗句，汇成一册，油印分寄局中同人，定名为《叶局新语》。并且在卷首题一绝句："翻新叶子斗闲情，从此无聊却有名；最是局中新语好，夕阳红叶冷无声。"附有跋语："此集既就，苦无其名，因拟四字，并戏题一绝，无非当局之迷耳。惟叶局二字不典，并无旧篇，何曰新语，其生造可笑如此。"当时笔者也曾和了一首："可怜身世寄闲情，撚

断吟髭浪博名；一自西风吹雨过，哀蝉落叶总无声。"过后，二北更再行编订，改称《丧志录》，和纸的诗牌一并铅印问世，这自然还是"当局之迷"。可是时移世变，至于今日，欲求再聚一地，耍着诗牌，消遣世虑，又何从再得，这真是扬州续梦了！

(《申报》1946年11月19日)

船　娘

　　瘦西湖上的游船，以笔者记忆所及，似乎随着时代的演变愈缩愈小了。大的画舫，在从前是可以摆酒席的，主客以外，加上船夫、仆役和厨师不算，更有侑酒奏曲的粉白黛绿之辈。这么，画舫自然是要很大的，两舷有雕栏，上面有飞盖，里面还有许多陈设。这种画舫在现时已是见不到了，现时所能见到的比较要小得多，布置等等，也远不如前。并且就是这比较小的画舫，也像失去了青春，露出衰老的情态，早不受到游客的垂青，三五零星的几艘，却在静候着举家老幼一同出游的人们去光顾了。

　　近多年来湖上的船只，来来去去的多是极小的一种，俗称小划子。这小划子上面有洁白的布篷，四面用铁条支撑着，里面放着几张藤躺椅，并且也有一张小木桌，可以放放茶具。如是只三四人合坐一船是很舒服的。船身小，速度快，游湖时转动灵活，自会为一般人所爱好。

　　不过大的画舫，随着时代演进，归于淘汰，小划

子应运而生,这固是瘦西湖上近多年来最显著的转变。可是以笔者的观察,战前与战后,却另有一种使人发生沧桑之感的,便是一些撑小划子的船娘也变了。战前的船娘在服装方面,似乎有一定的,多是黑色的绸裤,白色的布衫。这样的装束,衬映在绿沉沉的草木中,正是湖上不易见到的忘机鸥鹭,自很赏心悦目。并且多在妙龄,不少眉目清秀的,在"知好色,则慕少艾"的情况下,她们在湖上撑船的生涯,不用说,会比其馀村俗的船夫们要隆盛得多。加之她们撑船的技术又很好,拿着一枝竹篙,很灵活地撑去,不管多远,篙子一上一下,衣服上不会溅到水点子,那种灵活的身躯,娴熟的技巧,像音乐之有节拍一样,如是你躺在藤椅上带着鉴赏的心情看去,会不由地暗自赞美。

年青的人们总是好动并且好胜的,见到船娘们善于撑船,也便欣然学习,会叫船娘们坐在船里,由他们去撑。船娘们看着他们有时为了篙子拿不好,使得小划子在湖里回旋着,或者撑得欠缺技巧,拔起篙子,把湖水溅得满身,会格格地笑成一团。在这边的柳阴中,在那边的芦苇旁,此起彼应的笑声,常是连缀成

船　娘

一串，然后慢慢地低微下去，终于沉没在湖风里。这真是湖上极美妙的点缀。可惜眉目娟秀的船娘，如今已不多见，服装方面，也没过去那么整洁，就连撑船的技巧，也似乎没过去那么娴熟了。这是战争带来的灾害，衰老的扬州，却再也经受不起这样灾害哩！

（《申报》1946 年 12 月 17 日）

寒 生

扬州居民,家里有了婚丧喜庆,前来讨乞的很多,这和各地是一样。在这讨乞的群体中,占有特殊地位的,第一要数寒生,这便不是各地皆有了。这些寒生,以数目说,没有其他喊老爷太太的人多;以资格说,又多是智识分子;更以服装说,尽管鞋袜不全,须髯甚长,总还穿上一件长衫,穿长衫,像无形地变成了寒生特有标识。至于多是智识分子,正好说明他们原也不是下贱之辈,却因行为不检,沦落至此。因此,其数目自然不多了。

他们之间,似乎有个无形组织。某家有喜事,某家有丧事,都调查得很清楚,并且彼此都能知道。有人说,他们和专管送帖的所谓"传事禀",以及临时替人家帮忙的所谓"帮价"互通声气,想来是不错的。他们到人家去,并非空手,总是带一份薄礼。主人对于这份礼物,能退必退,还得重重地送一笔"敬使"的钱。这一笔"敬使"的钱,不论多少,他们总得要争多嫌少,而对于一些暴发户以及门第不甚清白的,

寒 生

那就争得格外厉害,如是不遂所欲,他们会在门口大声急呼,揭发主人不愿宣扬的隐私,藉以要挟。结果,多由账房或帮伙出来调停,加添几文了事。不过,总还是欲取先予,比之空手讨乞,自然高雅得多。因而寒生的地位,也就远在一般乞丐之上了。

寒生的家世,过去都是很好的。他们的祖或父既做过官,也发过财,他们在幼年时,谁不锦衣玉食。有的捐过官,顶戴花翎,坐过绿呢大轿;有的远涉重洋,精通外语;更有的能诗善画,吐属风雅。可是他们却皆是瘾君子,先是雅片,后是红丸乃至白面,便使他们终日地滞留在吞云吐雾的世界中。到了一切财产变了雅片、红丸以及白面,被自己服用尽了以后,于是便老着脸改业寒生了。

做寒生要论家世,自然不会大量地多起来,他们因为过去门第很好,自不少身价还好的亲故。因此,他们不但到那有婚丧喜庆的人家去变相地讨乞,还进出各茶社,向亲故们"告帮"。"老姻长!小侄今天实在不能混了,请你老帮帮忙","×哥!小弟请×哥的安,今天无论如何请帮帮忙"!这类话,在过去我们会时常从茶社里听到。说话的就是寒生,站在桌子

的一边，那些"老姻长"以及"×哥"们被纠缠不清，结果惟有破费。就抗战以前说，对乞丐可以只给几个铜子，而对他们至少也得要给两角钱。等到他们嫌少争多，计较多时，走了以后，老姻长们会摇头叹息："唉！不学好的东西，把他祖上的脸都丢尽了！"其实这班寒生们对于本身都没有好的打算，还念到什么祖上呢！只是有一点，他们的话说得很文雅，如"君子固穷"，"富贵于我如浮云"……这都是口头禅，藉此使得别人知道他们确系书香门第。倘使他们的祖上有知，也可慰情聊胜无了！

王逋的《蚓庵琐语》上说："明万历中，天宁寺富僧物故，凡往吊者，厚有赠贻，名曰程仪。同时乡绅锺姓者效之，有诸生丘某者，形体侏儒，人称之为丘的笃，与死者素不相识，利其赠金，备礼往吊，旬日数往。丧主讶而问曰：'先人存日，未尝见公往来？'丘曰：'死的肚里自知！'闻者绝倒。自后民家婚丧，必往贺吊，出俟于门，遣仆入促，甚至索添锱铢，往返数次，廉耻扫地，丐者不如。丘死而传其衣钵者，皆故家子弟潦倒无聊之徒，犹以斯文自居。至今此风不变，民间遇见此辈，辄称之为丘的笃云。昆山有丧虫，亦此类。"这里所谈的丘的笃，似乎比寒生要高雅些，因为他还能有个仆役跟随着。不过就是这些不甚高雅的寒生，在近十年来死去的已经很多，继起的素质逐渐低落，什么门第，什么智识，再也难谈，和一般的乞丐，看去已没有什么较大的距离了。

(《申报》1947年2月5日)

观音香市

扬州西北的平山堂是游览之区,靠近平山堂的观音山,便是进香拜佛之地。每年从农历六月初一开始,到十九日为止,例有香市。在这十几日之中,进香的善男信女是特别多。山下沿河,大小游船,往来如织,多是香客们乘坐的。也有不乘船循着陆路走的,因此岸上的香客亦复熙来攘往。从山顶到山脚,两旁都搭着芦棚,或是卖香烛,或是卖玩具,又或是卖食品,既五光十色,也应有尽有。进香原是大人的事,小孩子却要随去看热闹,这正是捕捉机会,小孩子到了观音山,见到食品要吃,见到玩具要耍,纠缠哭闹,终于使得大人不容不解囊破费,购买少许。因此,一般卖东西的人便想出种种方法来逗引孩子,提高他们购买的欲念。

这香市在十五日以后最是热闹,十九日是观音圣诞,此日一过,山门关了,也就骤形冷落。现时想来,在过去香市期间最能令人回味的,盖有两事。第一事是十八日夜,北门和天宁门多是通夜不闭,进香的人们薄暮出城,一舟荡漾,慢慢地向观音山进发,进香以后，欲归便归，不归便留在舟中，向瘦西湖驶去，看看月夜的湖山。清歌一曲也好，赋诗几首也好，更或谑浪啸傲也好，到了翌晨，才在晓风残月中又复进城。此外亦有惨绿少年或斗方名士，趁此良宵，携带歌妓，群聚在观音山一带画舫中，檀板金樽，猜拳行令，尽情欢乐一夜的。画舫之中，燃着汽油灯，遥遥看去，像是一颗颗晶亮的行星，倒映在水里，闪闪烁烁，更像是一朵朵怒放的银花。

另一事是在香市时，许多青年学生在山脚下作露天讲演，竭力宣传破除迷信。尽管听者藐藐，却仍言者谆谆。这种情形，在五四运动时，尤其显得热烈。更有基督教的传教士也在山脚下散布福音，劝人不要相信泥塑木雕的偶像，因为他们是上帝的子孙，便希望一切人都是上帝的子孙。这对于观音山的寺院里和尚们，看似一种打击，可是香火还是很盛旺，因此他们对于反对者除了念几声阿弥陀佛，也就本着我佛慈悲的精神，宽大为怀了。

不过这香市，在抗战以后便衰落下去。到了抗战胜利，正好恢复旧观，却又因萑苻不靖，山上驻了军队，进香的人不能任意进出。和尚们也曾想请观音下

山，在山脚下受善男信女的膜拜，终因环境特殊，无法挽回颓势了。倒是使得另外一处的观音，因此受到意外的供奉。原来五亭桥畔，有一座陈姓的私人别墅，名为凫庄。临河山石下，有一座白石观音，平时翠竹掩映，凡是游人舟过此地，多会发生延登彼岸的玄想。自经乱离，凫庄的房屋，倒坍不堪，观音像也便不蔽风雨，不知谁个信徒，将观音移到邻近的莲性寺去。于是过去观音山的香市，便也随着到莲性寺来。一时这白石观音大受善男信女的膜拜，香火鼎盛，远非留在凫庄时只是看着往来游客所可比了。有人说，各地观音大概也须信赖命运，想来观音山的观音在近十年中正是命途多舛哩。

（《申报》1947年2月5日）

茶　客

俗谓扬人喜爱"早上皮包水，晚上水包皮"，"皮包水"是指赴茶社吃茶，"水包皮"则指赴浴堂洗浴。实则喜爱"皮包水"者未必即喜爱"水包皮"的。

喜爱"早上皮包水"者，多为年纪较老之茶客，不仅早间赴茶社，午后也多是去的。他们每天早间九时左右到茶社，会坐到十一时以后才离开。午后三时以后，便又到了茶社，直待暮色苍然，这才安步当车地施施归去。不计寒暑，亦不计晴雨，一年四季的光阴除了睡眠以外，几乎有一半是消磨在茶社里的。这类茶客，在过去是极多，近年来却也逐渐地减少。

他们多集中在极少的茶社里，如富春茶社即其大本营之一，与其他茶客也显然有些不同之处。其他茶客虽亦各有其"物以类聚"之所，如钱业常聚于某茶社，米业常聚于某茶社等等，可是都以谈行市、讲交易为其主要目的，吃茶不过是附带的行动。他们对于这些茶客是羞与为伍的。他们既无行市可言，更无交易可讲，只是谈谈风月，论论国事，又或评评诗文。

谈谈风月,多还说得蕴藉,遂亦无伤大雅。论论国事,有时是感慨,有时也会愤慨,到愤慨时,便会旁若无人,掀髯拍案。茶社主人过去在时局每有突变之时,对于他们这种情态,生恐惹出是非,累了自家营业,会揭贴出"莫谈国事"的红纸条。这对于他们自然是一种警惕,因而在短期间中,也会由放言高论变为附耳过来,可是时间一长,便又故态复萌。虽是旁人敬老尊贤,多可相谅,而在茶社主人总是一件极苦恼的事。至于评评诗文,大多是同辈所作。譬如甲乙丙三人同桌,甲指乙对丙说:"某翁,你读到他近作某文吧?"丙答:"已经拜读过了,好极好极!此文在欧归之间!"丙说着点着头,乙则在一旁撚须微笑。于是甲又向丙说:"某翁,我看不仅欧归之间,简直是韩欧之间!"甲说罢,不禁格格地狂笑起来,而此时的乙,则不觉略略抬起身子,向甲丙两人拱手说:"不敢当!两位真是过奖小弟了!"类似这种谈话,是常会在他们中间发现的。有时因评评诗文,又会发生怀旧的情怀。又譬如甲乙二人谈到诗钟,都感到今不如昔,于是甲说:"从前的那些诗钟,现在不易再见了,真是天丧斯文!"乙便接着说:"某翁所论甚是,像从前某老做的

茶　客

诗钟'三更风雨蒙头卧，六代湖山把臂游'这两句嵌字格，嵌'三头六臂'四字，是如何的工稳，如何的爽利！现在的人哪里能做得出呢！"类似这种谈话，也常会在他们中间发现的。

他们是茶客，也是真正的茶客。因为茶吃得多，点心却吃得少。早间可以只吃三四枚包饺，午后可以只吃两三枚小烧饼。并且多是记账，各有户头，也各记各账，除是事前言明，谁都不会虚情假意，抢着做东道主人。这欠账要到三节才结算，到结算时还可暂不结清，留些尾款滚到下一节再算。所以吃茶一年，以战前说，最多不过百馀元，所费无多，自能乐此不疲。

至于人色方面，其中有贵介公子，有倦游政客，有落拓名士，也有出身寒微，因有一技之长为大家所激赏，因而厕身其间的。但多是通晓翰墨之辈，因而臭味相投，自易同在另一个境地里做着与世无争，也可说睥睨一切的茶客了。

(《申报》1947年3月1日)

春　联

　　每到阴历新年，人家门上揭贴新写的春联，所谓桃符换旧，此各地皆然。可是关于春联的写作，在过去扬州，似乎特别重视。文墨之士，每喜自撰春联，或切地，或切时，又或发抒襟怀，多有佳作。如某姓家居大树巷，靠近如来柱。大树巷是娼家麇集之地，如来柱是因道旁有一刻了如来佛像之经幢而得名。因而就在门上揭贴了这么一副春联："门邻大树，眼底无花；住近如来，胸中有佛。"这是切贴地点的。又如民国初年，政府正提倡阳历年，而民间却仍热闹地度着阴历年，先严于度阴历年时，便也自撰一联揭于门口，联为"得过且过，似年非年"。后来此联竟会普遍地被别人家使用着，却多不知作者是谁了。这是切贴时间的。更如吴召封先生，是一位负有盛名的廪生。民国成立以后，曾在过扬州军政分府徐宝山幕中，也在过江苏省长公署韩国钧幕中，于民国六七年时，却变成了江都县署之助理，大才小用，没没无闻，自然牢骚满腹，在过年时曾经写了一副春联贴在自己的办公室

春 联

门口,联为"爱莫能助,置之不理",中嵌"助理"两字,并运用成语,极其熨贴,此是牢骚的发泄,也便是发抒襟怀的。

在过去的扬州,一年一度地总有若干可传的春联出现。因此,许多文人雅士每当元旦日,常会邀同三五知交,一面到各家去拜年,一面即鉴赏着各家的春联。彼此吟诵着,品评着,乃至哗笑舞蹈着,充分表现出头巾的风度,也充分表现出风雅的情怀。不过撰拟好的春联并非易事,再郑重其事地自家写好,或倩方家代为写好,也不是人人可以做到。在昔老辈多,空闲多,其中擅长写作的也多,多视写作春联为一种赏心乐事,自然好办。到了时移世变,即不能再有这些人注意此事。于是门第好的人家,多压根儿不贴春联。寻常人家,因为换上春联比较新鲜些,会随便地写些几乎家家可用的联语,既无新意可寻,有时转觉俗恶。只使得一些测字先生或略解写字的人们,每年添了一笔代写春联的收入。

下面且附带谈及扬地前辈关于春联的两段遗闻。

其一是笔者的先大外祖翰林臧宜孙先生,当其与举人江子云先生为比邻时,有一年江家春联是举人吉

亮工先生写的。吉善草书，这副春联写得尤工。先大外祖于元旦往江家拜年时见到了，赞赏不置，即商之江先生，请其在当年除夕更换新联时，用水将旧联湿透，好好揭下，给他装潢起来。不想事隔一年，到了更换新联，江家已不复记忆，竟任凭家人将旧联刮去。先大外祖知道以后，为之懊丧万状。吉先生为此特写七绝一首以解之："倜傥风流老翰林，品题一语重南金；江郎洗却宜春帖，辜负东方曼倩心。"

其二是包黎先生，他是丹徒秀才，博学能文，而行动却甚诡激。民国成立后，他因反对结党，于其帽子上曾特别绣上"独立大自强"五字。所持手杖，并刻上两句愤世之语："行路且打狗，临流又钓鱼。"头上更留白发和黑发两处，各约银元大小，自号二毛，他说："这么，军人们就不敢来骚扰了。"他于某年过年时，在门上仅贴红笺，不书联语。据说，这是仿明代苏州人习俗，留待文人雅士代书的。于是吴召封先生便代为写上"阴曹五殿，阳宅三间"一联。包见之，即自题一绝于其下："阴曹五殿何经传，阳宅三间亦略差；多谢到门挥翰者，书斋认作相公家。"于第二句下并加注"尚有两厢"，末题"主人包容戏作"。吴再见，复题一绝答之:"阴曹五殿是尔宗,阳宅三间亦略通;难得主人多大度,转题佳句是包容。"于第二句下也加注"相差不过两厢"。

这都是前辈风流,而春联在过去为扬人之重视,也于此可见。

(《申报》1947年3月7日)

广陵花社

　　广陵花社开设的地点，在目下扬州的旧城八巷附近，开设的期间，在民国元年至四年。名为花社，实系茶社，可是比之现在的一般茶社，却显然有雅俗之不同。朝南的三间大厅房，题为琴棋书画室。从这题名去推想，对于那里茶客的成分，以及茶客们的动态，当不难了然。厅房前搭着敞棚，也是卖茶的处所。四周花木扶疏，看去亦小有园林之胜。东首有一排回廊，回廊尽处，便是一间朝南的"曲房"。主人严某，原不在牟利，而在于有管弦丝竹之胜。因此每到夕照衔山以后，华灯初上，曲房里便锣鼓喧闹，歌声嘹亮。此时一般茶客多已陆续离去，所留下的不是雅好高歌一曲的人们，便是些顾曲周郎了。

　　在此花社中，常为人所称道的有三人，一是唱昆曲的谢春江，二是吹笛子的王朗，三是弹古琴的广霞。广霞是华大王庙的和尚，王朗是赞化宫的道士，至于谢春江，则是捐过候补盐大使，总算"读圣贤书"的人，真是儒释道合为一家了。

道士本多善奏丝竹，而王朗则以笛子著名。广霞虽是和尚，却不茹素，因此养得肠肥脑满，可是弹得一手好古琴，在扬州就更无人能及他。他那泠泠的琴声，如是你闭目凝听，真会令人消遣世虑，仿佛置身于另一个高洁的宇宙里，再也不会想到眼前弹琴的却是一个酒肉头陀。说到谢春江，据闻过去家境也还小康，却因雅好昆曲，不事生产，积日既久，也便渐渐拮据起来，可是他还乐此不疲。一位和他相熟的人告诉笔者说，记得有这么一天，微雨霏霏，他正穿过碧螺春巷，向教场走去，忽然听到巷子里有一家正在教着雏妓学唱曲子，便停下不走了。他斜倚在人家门前，一面倾耳注听，一面还用脚尖点着拍子。经过不少的时光以后，适巧有一旧友走过，见他痴痴停在那里，很是惊异，近前拍拍他肩头叫着"春翁"，这才使他觉察到自己停留已久，衣衫尽湿。他朋友调侃着说："春翁，你这行径，倒和《红楼梦》里的贾宝玉差不多！"彼此不禁抚掌大笑。原来谢春江是个"曲迷"。

这花社开设的寿命，只短短的不足四年，便已闭歇。以上所说在花社中常为人称道的三位，便也风流云散，先后藏身于黄土垄中。无论"丝不如竹，竹不

如肉",而这三位在丝竹肉方面所表现的,总是再也不能听到。即使仍有继起之人,更有何人能好事如严某又开设广陵花社呢!

(《申报》1947年3月14日)

聚 聚

笔者于《茶客》一文中，曾道及过去扬州茶社中一些老茶客的情态。除了这一些茶客以外，当然还有很多虽非不计寒暑，亦不计晴雨地日必赴茶社，可是如有空闲，总乐于去消磨几小时的人们。以扬州习俗说，发请帖，延嘉宾，假座酒楼，觥筹交错，藉以联欢话旧等等的并不怎么喜爱，却特别喜爱邀人茶聚，遇到多时未见之亲友，互道寒暄而后，固是互邀茶聚，难有例外。即便时时晤对，也会时时互邀茶聚。这在扬人说是"聚聚"，所谓"聚聚"，即是茶聚之意，"聚聚"的声音，在过去扬州，各色交际的场合中乃至街前巷口，是极易听到的。

聚聚，在扬人可说是极喜爱的一种酬酢方式，也是极普遍的一种酬酢方式。多属口约，罕写便条，更不谈备具正式请帖了。以手续论，既很简便；以费用论，也很俭省。并且这种聚聚，谁都没存着礼尚往来的心，也没将彼此作东道的次数多少时时盘算着，大概因为所费无多罢！

并且这聚聚,在过去也真太使人乐意了。茶点请人吃了,可以暂不付钞,记在自家的账上。如是要喝酒并须另买酒肴之类,茶社代办,也可暂不付钞,一并记在账上。又如来时还乘了人力车,车资若干,茶社亦可遵命代付,同样的记在账上。所以约人聚聚,可以身边不带一文。这是因为谁喜爱到某茶社,谁便是某茶社的主顾。主顾有了账,便更可招徕生意。过去物价波动很小,茶社主人自也不在于现金交易。何况现金交易,多是过路人,或者不常到茶社的。古老的扬州,早失却过去繁华,茶社生意,不靠这班主顾又如何能兴隆呢?一切记账,正是给予主顾的一种便利,记账的茶客,也正是茶社主人衷心所欢迎的人。于是甲在某茶社账册上开了户头,和乙聚聚,到了算账时,茶房们可以仰体主人之意,绝对听从甲的吩咐,将第几册账册取来,由甲亲自记上那一天的欠款,乙即便取出钞票,抢夺着要会东,乃至于詈骂着茶房要会东,终是无效的。即以笔者说,虽出生在扬州,可是在外的时候多,过去每遇休假回里,便因会东不易,也多临时在一两处茶社里开户头。这么,彼此都可记账,谁的眼尖手快,拿到账册,谁便可作东道主人了。

聚　聚

　　此外，某茶社为某一类人所常聚之所。时常去去，会见到许多臭味相投的友朋，这是必然的结果。因而久未回里的人回里后，总必依类到茶社里走动走动，就在那里可以会到自家心想遇到的人，便再不须逐一登门拜访了。所以笔者过去上午回里时，下午必到茶社；下午回里时，翌晨必到茶社。在去时，茶房会告诉笔者，某也在此，某也已去，也会代为告诉别人，说笔者已归，笔者曾来。茶房肚里有本账，谁和谁是一群，谁的行踪须得告诉谁。这一去，比之登报启事要切用得多了。并且友朋们既是聚在那里，和张谈谈，又和李谈谈，人多话多，左右逢源，这较逐一拜访不将更"嚶求"之乐！

　　不过上午聚聚和下午聚聚意味却有些不同之处。上午的茶社，因为往来人多，总不免嘈杂，下午即比较清闲。因而上午侧重在吃点心，下午却侧重在喁喁闲话了。

　　　　　　　　　　　　（《申报》1947年4月1日）

风　筝

　　《扬州画舫录》上说："风筝盛于清明，其声在弓，其力在尾；大者方丈，尾长有至二三丈者。式多长方，呼为板门。馀以螃蟹、蜈蚣、蜻蜓、蝴蝶、福字、寿字为多，次之陈妙常、僧尼会、老跎少、楚霸王及欢天喜地、天下太平之属，巧极人工。晚或系灯于尾，多至连三连五。"证以笔者幼年所见，便多相异之处。说到"风筝盛于清明"，从来如此，亦各地皆然。若"其声在弓"，则应视风筝之大小，过小者是没有弓的，自也无声可闻。较大者用蒲弓，再大者用藤弓，最大者用竹弓，都是将蒲、藤和竹子，刮削得极薄，以当弓弦。至于"其力在尾"，并非所有风筝一概如此。如蜈蚣（扬人称为"百脚"），便不论大小均属无尾，其他精制之风筝中如螃蟹、蜻蜓、蝴蝶等也都无尾。尾又有独尾、二尾及三尾之别。小型风筝所用之尾，只是细瘦钱串，大型者即须用较粗之绳索。其所谓"式多长方，呼为板门"，板门是指大者，小者则呼为面筋泡。面筋泡之制法极简，售价极廉，小儿所放之风筝，

风　筝

多属此种。

　　风筝之形式，略可分为大小两型，小型中除面筋泡外，多属精品。所谓"巧极人工"，倒也名与实相符，售价均不贱，尤以小百脚为最贵。因为小百脚之好歹，不仅在于扎得漂亮与否，还要注意到全体是否匀称。如稍不匀称，放至天空，便将不断翻身，终于又堕落尘埃。这风筝翻身，在扬人谓之"打招"。小百脚连头尾约在十数节，要能放到天空夭矫地动着，却不打招下堕，才是精品。此外螃蟹、蜻蜓、蝴蝶、老鹰以及美人等，都属小型一类，且多系精制品。一般小儿放此类风筝者极少，因而就变为有钱的世家子弟及惨绿少年们之专有品。

　　大型中除板门外，更有六角、八角、九连灯、大百脚等。小型风筝可用棉线或丝线放，而这种大型者便非用麻制之绳索不可，且非一二人所能管制得好。放这类风筝者，均系大人，且多为好勇斗狠的下层人物。放至天空以后，他们将绳索拴在树上，便三五成群地聚在一旁谈笑着，鉴赏着。较小的风筝，如或碰到他们绳索上去，总是被缠搅着难于分开，终即变成他们的大风筝之附庸小国，在旁边飘荡着了。他们是

胜利者，一时会鼓掌哗笑，而失败者便只有懊丧不已。尤其是小儿们，时常为此噙着眼泪，痴痴地仰望好久以后，才三步两回头地离去。偶或遇到双方实力相差不多，便会揎袖攘臂，始则对骂，继则互殴了。

这许多大型风筝，除了弓外，更带有铃子或哨子。弓声宏放，铃声嘹亮，哨声清越，一时交响天空，颇可悦耳。至晚多不复收下，且在绳索上添挂若干红灯。《画舫录》上所谓"系灯于尾"，是李斗误记，还是今昔异样，便不可得知。

在昔放大型风筝的地点，除了城外，城内旧城是大汪边，新城是康山。自从康山民房渐多，空地日少，大汪边砌了学校，城内便不易更觅到适当的地点。兼以扬州一天天没落下去，以经济论，以情绪论，也都不容许天空中的大型风筝多了起来。从前的扬州，在烟花三月，可以竟日听到天空中风筝的响声，夜晚还可见到许多红灯。现在却只感到天空的寂寞衬映着扬州的衰老。

此外须得附带说及的，大百脚在过去以广储门外梅家庄制作的最为精良。庄上人在农忙之暇就制作百脚，有长至百节以上的。每至春来，在庄前树上，总

风　筝

是拴着两三条正是放在天空的大百脚。买的人可以实地选择，觉得哪一条稳健就指定哪一条论价。

末了，《画舫录》上又说："近日新制洋灯，取象风筝而不用线。其法用棉纸无瑕穴者，长尺四寸，阔尺二寸，搓之灭性。缀其端如縠，削竹篾作环如纸大，以纸附之；中交午系两铜丝，交处置极薄铜片，周围上乔作墙，中铺苎麻。麻用膏粱酒浸熟者，上铺黄白腊、硫磺、潮脑、狼粪，以火燃之，令有力者四人持其纸之向上无篾环者，爇药而升，不纵自上，大如经星，终夜乃落。"这在笔者幼年还有时见之，近年来非但不复再见，且无人谈及此物了。

(《申报》1947年4月19日)

惜馀春续记

笔者前记惜馀春实仅一个轮廓,馀事可记者尚多。

高驼子名乃超,先创可可居,亏蚀后方缩小为惜馀春。在可可居时代,又可分先后两个阶段。先在教场南头,今春园附近,后移教场中段,今月明轩地址。先不甚大,后则美轮美奂,到了惜馀春时代,便觉窘相毕露。先大外祖曾有诗云:"半间矮屋(一作两间酒店)且容身,除却驼翁俗了人;写上青帘太凄绝,销魂三字惜馀春。"可谓感慨系之。

不过当可可居时代,驼翁却在"维扬细点"方面留下了不可磨灭的伟绩。在昔扬州点心,均用大笼,至可可居才改用小笼。垫笼昔用松毛,可可居又改用白布。虽然近来依旧用松毛的多,取其有清香,可是用白布垫笼,却为驼翁所创始。不但此也,所谓千层油糕以及翡翠稍麦,(稍麦亦名鬼蓬头,见《扬州画舫录》。近时茶社里写成"烧卖",实误。)也是他所发明。千层油糕,各地扬州点心店都以此号召顾客,因其为他地所无。至于翡翠稍麦,即菜稍麦,是甜的,与咸的米稍麦相比,别是一般滋味。吃扬州点心者如只知千层油糕,而不知翡翠稍麦,就口福上说,总是一件遗憾的事。

驼翁在开设可可居时代,面点生意盛极一时,到了惜馀春时代,就不能再卖面点。开始还自制一些卤菜及酱豆等卖卖,后来该是因为资本愈过愈少,连卤菜、酱豆也不能再卖,这才卖卖炒肉丝、烧豆腐之类。他的心地特别纯良,顾客要记账,总是不好意思拒绝。后来为了资金短绌,也会迟疑一下,可是顾客如说到"你怕我不还钱吗"?便更不好意思拒绝。欠账既愈记愈多,现金自愈用愈少,亏蚀遂为必然的结果。那些在可可居以及惜馀春记账的落拓文人,过后也有环境好转起来的,却依然不想还账,并且也不再到惜馀春去了。当驼翁在街上遇见这些人时,必是远远地就掉转头去。有人问其原因,他说:"免得人家顶面见到我难为情。"

在可可居以及惜馀春的老茶客中,虽有若干人只知记账,不想还账,辜负了心地纯良的主人,可是另有一位使主人感奋之人,那便是追随多年的伙计胡三。当主人闭歇了可可居时,别人都作各奔东西的打算,

而胡三却回乡卖掉自己仅有的几亩田,为主人增加资金,他说:"我的主人为了好客亏蚀了资金,我也可为了好客的主人卖却自家的田地。"

先大外祖谓"除却驼翁俗了人",驼翁之不俗,就在浅于名利,同时还能自得其乐,不以自家处境日渐艰苦为意。他能一面在柜台里面拣着蔬菜,一面低声吟哦着,还不时和顾客们很幽默的斗趣。下面所说,便是一例。友人汪二丘,善弈棋,当时亦是惜馀春顾主之一。他家住十三湾,因自号"十三湾里人"。另有郭某住城外念四桥,号"念四桥头客"。一日,汪君刚要离开惜馀春门,郭某恰好来了,正在柜台里的驼翁便高呼汪君留步,笑谓:"适得一联请教。"汪君问联语,驼翁说:"眼前事不正是一副极佳的对联?'十三湾里人才去,念四桥头客又来。'"一时汪君与郭某均不禁抚掌。原来驼翁已使自家的生活趣味化,可以在艰苦的境地中,依然能觅得趣味,于是也乐在其中。惜馀春柜台上的站牌上是吉亮工写的"人生行乐"四字,想来驼翁是很能体会到"人生行乐"之意义的。

(《申报》1947年4月28日)

惜馀春三记

惜馀春情形，除前记外，当时座上客中，不少特有风趣者，亦不可不记。

（一）薛万岁，乃是一位老秀才，每日晚间，必烧酒四两，喝得醺然大醉，醉后便哼着京戏中道白："皇帝万万岁，小的天天醉。"人因呼为万岁。

（二）刘大令，此人确曾做过大令，可是性情暴躁，既逐其子，复遣其妾，便独自过活。每日三餐，几乎都在惜馀春，且任意饮啖，一餐即费一元左右，俱是现金交易，断不记账。并因家中无人，所有存款及收租的经折，一概卷在马蹄袖中。

（三）金三花子，彼之家境很好，但所穿衣服却极破烂，家中人偶或为其添制新衣，即随时当去卖去，自称是花子命。以其行三，故有三花子之称。

（四）汪大头，雅善唱戏，同辈如饷以香烟一枝，即可唱大曲一支，自命是汪桂芬派，人因呼为大头。亦善诗歌，惜有阿芙蓉癖，穷困至于时时挨饿。其长衫只是搭在左臂上不肯穿起，问其原因，则谓："我的

长衫是擦酥的,一碰就散了!"

(五)蒋门神,是一位医生,平生并不善棋,但当他人着棋时,则必信口插嘴。着棋者如加以制止,便更起劲,一时以手作势,乱指盘上,人家即报以恶声,亦不生气,依旧插嘴。因其身材很高,人因呼为门神。

(六)王老太,已七十馀岁,脸上却极红润,或谓其面似桃花,她说:"四字不类近体诗句。"人因添上"王老太"成七言一句。性喜与人打闹,并常用旱烟袋烫人。人因其老,不便还手,即格格作鹭鸶笑,宛如小儿。

(七)郭呆子,业医又兼教馆,家住念四桥,自号念四桥头客。每日午后三时入城,十时出城,如遇城门关闭,便整夜坐在惜馀春。因其好淌口水,人多呼为呆子。或更作一联赠之:"念四桥头,吟诗作对;十九阿鼻,教馆行医。"

(八)短张,此人是一秀才,因身材矮小,群呼短张。特好用假典欺人,人或问其出处,便笑谓:"何必认真!"

(九)南斗北斗,王、瞿二人,均六十馀岁,常川对坐在柜台外一张桌子上,却彼此不交一语。瞿性诙谐，人称南斗；王姓肉头，人称北斗。

　　此外得附带说及者，惜馀春座上客也曾组织一同乐会。参与者必须起一别名，并须名姓相关。如先大外祖臧宜孙先生改名臧获，此外吉亮工先生改名吉利，宣古愚先生改名宣布，孔小山先生改名孔方，谭亦伟先生改名谭闲，季先生金萍改名金钱，即连主人驼翁也改名高兴了。

（《申报》1947年5月7日）

翠　园

　　幼年嬉游之地，到了伤于哀乐的中年，总会时时在念。偶或还乡复经其地，见到景物全非，更易于发生沧桑之感。在昔扬州旧城七巷的倒城旁，原是一片的荒烟蔓草。到了前清宣统末年，曾有人在那里建筑房屋，创设大同戏馆，一时也还锣鼓喧阗，仕女杂沓。可是为时极短，即遇光复，戏馆也便闭歇。房屋为风雨所侵袭，时日既久，便觉颓败不堪。隔了好几年以后，才为一些人集资购去，围以短墙，栽种了许多树木，并略建亭台，衬以假山，名为翠园。其时新城仓巷岭南会馆邻近，有一盐商休息的处所，名为小花园。在这小花园中，每天都有人宴集。在宴集时征歌选色，珠围翠绕，真个是销魂之地。翠园之成，似乎很受了小花园的影响。不过小花园一直到闭歇，始终是盐商的俱乐部，而翠园却曾开放卖茶，所卖点心，以盒子酥最好。因为地方相当大，房屋不多，兼以花木扶疏，颇令人生城市山林之感。靠近翠园有一板桥通柳巷，此桥因即名为翠园桥。可是扬州旧城茶社，生意总不

翠　园

会怎样发达，因而翠园开放卖茶，不久以后，也就步戏馆后尘而闭歇了。

翠园闭歇以后，也曾有一度租给扬州盐务稽核所里日本派来监督的人高洲，因为高洲有包车，往来于小板桥感到不便，就改为砖桥。到了稽核所另建新屋，高洲又离扬，于是翠园又变成极冷落的地点。在翠园未有以前，曾与小友在那里放风筝。翠园开放卖茶以后，也曾随着家长去吃茶。及至高洲寄住其中，门虽设而常关，偶经其地，便只好从短墙外眺望着里面婆娑的树木，疏落的亭台。

谁知这翠园在沦陷期间又换了主人，一时土木大兴，竟将翠园改建得极为华丽，变成一座私人花园。因为新主人是熊氏育衡，翠园既改为衡园，连翠园桥也就有人勒石桥上，改为衡园桥。到了胜利以后，衡园一再为军事机关借用着，据说将来要改为县参议会，大约衡园即当变为历史上的名词。至于衡园桥在最近又恢复原名翠园桥，可是翠园已没有了。翠园的一切景色，只是给一班中年人留下一段回忆而已。

据说，翠园改为衡园时，园中曾有两株极名贵的牡丹，一红一白，每开花必数百朵，干有碗粗，是数

百年物,原栽在东关街陈某花园中,后为熊氏移来。熊氏离扬后,此两株硕大无朋的牡丹也不知何在,荣枯存殁,莫能得其消息,或者和翠园遭遇到同样的摧残了。

(《申报》1947年5月19日)

绿杨村

扬州城外的茶社与游客能发生亲密关系者,如绿杨村、香影廊、庆升、冶春,都在北郭的吊桥两侧。以过去情形论,青年人及妇女们多喜欢到绿杨村去,而老年人便乐于留在香影廊,该是因为香影廊的历史悠久,命名典雅,易于使彼等发抒怀古的幽情之故。

王渔洋的《红桥怀古·浣溪沙》词有云:"北郭清溪一带流。红桥风物眼中秋。绿杨城郭是扬州。"像是绿杨乃扬州特有的标识。扬州既称为绿杨城郭,自然宜乎有一绿杨村茶社以资点缀。

不过昔日的绿杨村与现时的绿杨村显有不同之处。昔日的绿杨村,几乎全部笼罩在柳烟中,每于树梢高悬白色布旗,写着鲜红的"绿杨村"三字,遥遥看去,颇令人有"万绿丛中红一点,动人春色不须多"之感。记得先父曾指此"绿杨村"三字,问笔者"白旗红字绿杨村"可对何语,当时苦思不得,先父笑谓,可对"青石蓝书丹桂岭"。可惜至今笔者还不知丹桂岭是在何处。

绿杨村面临城河，邻近红桥，后面土岗，便是通行大道，四围无墙，仅于入口处横架一木牌，写有"绿杨村"三字，这就算是招牌了。过此有一小板桥，每当暮色已至，游客散去，小立桥头，低吟着"独立小桥风满袖，平林新月人归后"词句，一时会添得不少的诗情画意。

渡桥后，沿河有一条短短土路，尽是停泊着大小游船，比较姣好的船娘多在这里等待着顾客。另一面是短短竹篱，竹篱之内，有一土丘，并且有亭翼然。土丘上下，杂植竹木，许多人都喜逗留在那里，躺在藤椅上，一壁品茗，一壁从绿阴缺处闲觑着河上的游船，会忘却时光的飞逝，也会忘却人世的纷扰。这是绿杨村最幽雅处，也正是绿杨村最引人入胜处。

此外，由小桥下引水入内，成一小小荷池。荷池的北面，有几间矮屋。每间朝南，都是短短的栏杆，里面放着竹制的桌椅。从这里面，可以看到往来于绿杨村的茶客，也可遥遥地看到河上的游船。这是携带眷属的人们喜欢逗留处所，也是情侣喁喁细语的乐地。土路尽处更有一座极大的敞厅，靠河的一面可以垂钓。稀疏的钓竿衬映在绿水的上面，在垂钓者固有濠梁之乐，而在游客见之，亦觉风雅宜人。其馀还有些别个卖茶的房屋，只是都在里身，与河上相隔较远，从游赏的观点上论，总不及上述三处的。

可惜这些情形都成过去了。绿杨村里的短短土路，已变成行人大道，不见小桥，也不见竹篱。竹木被砍伐得很多，更无杨柳笼烟，加以临河一面，围以短垣，偶入其间，固是一派萧条景象，更有郑板桥所谓"见天不大"之感。据云抗战以后，已经换了主人，或者新旧主人的心襟互异，这才使得绿杨村大异旧观，固不仅因为乱离的关系罢！

(《申报》1947年5月24日)

教　场

况周颐的《选巷丛谈》上载有严廷中的《扬州好词》，调寄《望江南》，其中一首云："扬州好，午倦教场行。三尺布棚谈命理，四围洋镜觑春情。笼鸟赛新声。"这是前清光绪末年扬州教场之情景，证以笔者幼时所见，所写可谓逼真。

教场地点属于新城。新旧城人赴教场者，总称为"下教场"，此一"下"字最是特别。在笔者幼时，每听到"下教场"三字，便觉另有亲切意味，因为教场是孩子们最喜逗留的地方。

教场四周，在过去几乎全是茶社和面馆，其中也很有些典雅的名字，如惜馀春、碧螺春、静乐园、九如分座等。这些茶社和面馆皆是成年人麇集之所，却非孩子们的乐园。教场之所以成为孩子们乐园的，乃是因为教场中心有一片广场，在这广场中，从吃到耍，几乎色色皆有。

就笔者记忆所及来说，许多糖果摊上，都是一面卖糖，一面做糖，如花生糖、芝麻糖、生姜糖等。孩子们都是先看做糖，等到一锅糖做好了，这才掏钱买糖。自己吃几块，还要带回几块。在孩子们的心里，似乎吃那看着做好的糖，香甜以外更有一种滋味，会觉到异样快感的。

糖果而外，出卖虫、鱼、花、鸟的地方也极为孩子们所喜悦。虫子在夏秋两季为最多，如叫蛐子、金铃子、纺织娘、蟋蟀等等，孩子们可以连同篾笼、纸盒、泥盆，一买再买。金鱼除严冬外，都可买到，大多是很小的，这么，孩子们可以一买若干条，欣欣然有得色。花的方面，以草本为多，因为价钱不大，孩子们买去以后，枯萎掉就算了，家长们也不致大加责难的。此外，鸟儿索价高的如百灵、画眉等，孩子们虽然只可带着鉴赏的心情呆相着，不过自己却也可买几只小麻雀去喂养的。

上述以外，另有跑马卖解和弄杂耍的。一班嚷着"在家靠父母，外出靠朋友"和"有钱的丢丢钱，没钱的帮帮场子"所谓走江湖的人们，也都集在教场里。孩子们虽没钱丢，却会帮帮场子，在场子上大人们的

肘腋下钻来钻去,其乐无极!

至于《扬州好词》中所说"三尺布棚谈命理",实有测字、相面、推命、合婚,以及文王课、大六壬,乃至于黄雀衔牌等等的不同,错落分布在教场的各方面。孩子们不知命理,却很好奇,因此常会围在黄雀衔牌的那里。耍西洋景的也很多,村姑俗子喜欢,孩子们也喜欢。所谓"四围洋镜觑春情"者,那只是带有秘密性的一两张片子,耍西洋景者藉以诱惑观众的。觑及以后,俗子色舞,村姑面赤,孩子们神情猝变,却都不便公然宣谈的。若说"笼鸟斗新声",这在孩子们也只有看看。因为斗新声的笼鸟,都是比较高贵。托着这些比较高贵的笼鸟在教场上露脸的,必然是帮会中人,才能免于欺负。原来耍笼鸟有闷笼、亮笼之分。闷笼仅是一面外露,这是普通人都可耍。如是亮笼,四面无遮拦,而又不是帮会中人,便将有人说着"朋友,借给我耍耍",从他手上抢过去了。

这些情景,自从教场改为菜场以后便多更变。广场上搭着白铁棚,一间间地分隔着,看去是整齐不少,却失掉若干天趣。每天熙来攘往的,多是买鱼虾菜蔬的主妇们。近时偶过其地,回想旧时情景,真令人怅惘靡已。

(《申报》1947年6月25日)

湖上游人

扬州瘦西湖，在昔名长春湖，为何改名瘦西湖，就名称来看，当是似西湖为瘦。简洁地说，比西湖小了一点。只是现在的瘦西湖如与过去情形相比，便应该改为病西湖，因为她又横被摧残了多年，已是憔悴得可怜。不过无论如何，这瘦西湖仍不失为扬州惟一的游览之地。

沈涛的《匏庐诗话》中载有钱塘汪沆的《红桥修禊词》云："垂杨不断接残芜，雁齿红桥俪画图；也是销金一锅子，故应唤作瘦西湖。"西湖之为销金锅子，见于《武林旧事》："西湖天下景，朝昏晴雨，四序总宜，杭人亦无时而不游，而春游特盛焉。""日糜金钱，靡有纪极，故杭谚有销金锅儿之号。"瘦西湖若从湖上游人来说，自然也是一只销金锅儿。

谈到瘦西湖的湖上游人，以季候分，春夏秋三季都很多，到了穷秋严冬，便仅有少数的骚人雅士，为了寻觅诗句画稿而啸傲于湖上了。复以节令分，清明、重九以及农历六月初一到十九日的观音香市，湖上大小游船固然往来如织,而岸上所谓"红男绿女",也真肩摩踵接。昔人说的"连衽成帷,举袂成幕,挥汗成雨",必当在那种情况下,才知不是过分的夸饰。更以时间分,每日以午后游人为最多,大约都在二三时以后出城,到了暮色苍茫,这才款款归来。

既作湖上之游,就必有所破费。道经香影廊、冶春以及绿杨村等等茶社,小坐品茗,略进面点,或瓜皮艇子,容与中流,又或邀游各处,缁流"请坐"、"倒茶",自然都要破费。即使安步当车,处处打算,可是经由长堤春柳渡河到小金山,也得要小有破费。本来游湖是乐事,如必存心一毛不拔,必将变为苦事,又何必找此苦吃呢!

近数十年来,笔者也是湖上游人之一,对于各游览处所之盛衰,自多沧桑之感,而游人类别似乎也随着时代巨轮叠有所变。在笔者幼年时,湖上游人多是中年以上者,而中年以上者之中又以男性为多。在那许多男性游人中,更带着不少风雅的情调,有的聚在画舫中斗棋、弄笛、吟诗、作画,以及猜拳行令等等;有的独自徜徉于柳阴之下,或是断桥之畔,大概是些觅句的陈无己,以及呕心的李长吉。女性总不多,偶

或遇到，大半是闲门中人。其他女性如作湖上之游，则皆举家老幼聚于一船，便是所谓"家眷船"。年青人随着家长们出城，难得觅个闲空，约几位同伴在湖上偷偷地，并且急急地游荡一番。至于幼小者，便仅有村童牧竖，以及荜门圭窦中的野孩子们了。

及至笔者青年时，湖上游人便多同辈，中年以上者以及风雅人士，每在一处，几乎都被挤到一个角落里去。年青少女，也可成群结队地游于湖上，此唱彼和的歌声，会和湖水湖风相激荡。不过这种情形，在牧竖村姑们是看不惯的，常会在一旁用手指点着，用嘴讥刺着。有时一些野孩子们更拍手唱着："二道毛，掉下桥；有人看，没人捞！"因为那时女郎截发尚未普遍，自易于被视为揶揄的对象。

到了笔者中年时，湖上游人便以青年男女为多。男女之间，再无过去那么谨严，一队队游人中，有多数是男性杂有一二女性者，亦有多数女性杂有一二男性者，更有一男一女驾了小舟一叶，飘荡水面，或隐匿柳阴，宛如忘机之鸥鹭者。笔者曾有《浪淘沙》词："波上碧油油。款款轻舟。柳烟笼处好勾留。莫作惺惺羞不说，难得风流。　指点小山楼。欲上还休。那回别后不曾游,隔岸笙歌吹送过。惹遍新愁。"便是为这班青年们的湖上游人写照的了。

瘦西湖的湖水,一年年看去,似乎没有变,可是湖上游人,其类别固逐渐不同,其情调也显然的先后有别。东坡词云:"浪淘尽千古风流人物。"想来不仅长江的浪涛如此,瘦西湖的涟漪也会如此的。

(《申报》1947 年 7 月 15 日)

《小游船诗》

笔者前曾述及瘦西湖,至今仍不失为扬州惟一游览之地,湖上游人既多,应运而生之游船自然也多。撑游船的船娘,是湖上的一些闲花野草。拈花惹草的游人,现在固有,过去又如何能免?只是过去的游人比较风雅一些,这我们可以从《小游船诗》中得窥大概。

《小游船诗》,乃吾扬"面削瓜,骨介而貌和,不得志,益为放达,冀释其忧"(吉亮工《小游船诗序》中语)之辛补芸汉清前辈所著,计绝句百首,写于光绪己亥、庚子两年。其自序云:"扬州虹桥迤北为长春湖,或曰瘦西湖,画舫笙歌,在昔为盛。风云一变,人事遂迁。环湖渔家,近以瓜皮艇载客,夕阳明月,云影波光,着一二乱头粗服者于其间,绮语风情,半鸣天籁,虽非昔日美人名士之高怀,倘犹胜市侩淫娃之俗抱乎!"可见过去湖上游人之与船娘厮混,即非高怀,亦异俗抱。

辛先生殁于光绪壬寅之夏,此《小游船诗》就在

《小游船诗》

辛先生殁后由冶春后社诸同人醵资刊行的。笔者近从其哲嗣处得一钞本,与刻本两相校勘,词句殊有异同。并且刻本中有绝句两首:"大家挥扇汗浑身,窄窄湖船十四人;一部石头新记事,不分谁主与谁宾。""午餐法海日西斜,子鸭清蒸大似鸦;馋得老饕生别计,猪头分啖小银家"为钞本所无,而钞本中亦有绝句两首:"小金山过五亭桥,臭水河边走一遭;更喜今年新种菊,商量秋日去持螯。""陆家姊妹自成行,跛足黄头各擅场;也欲引人来入胜,阿侬居在水云乡。"为刻本所无。是否在刊刻时因"臭水"、"跛足"诸语过于夸饰其词,远非实况,遂另补两首,或当时传钞即有异同,便不得而知了。

小游船即俗称小划子。近时小划子形式,笔者已于《船娘》一文中述及,而在最初却非如此。《小游船诗》刻本中有一首绝句:"轩爽何须上有篷,送人来往夕阳中;颇闻划子喃喃语,悔作男儿愿自宫。"可见小划子最初是无篷的。至于由船娘撑的小划子生意兴隆,妒煞男性船夫,则至于今日还是如此。

当时的船娘,颇多名噪一时,为风雅之士所激赏者,而那些船娘们对于一班风雅之士,也都服事殷勤,

如："陆家庄在最西偏,剪韭留宾意特贤;饭值酒资何烂贱,只消六角小龙钱。"（钞本作"水云乡里陆家庄,剪韭留宾意趣长;饭值酒资真烂贱,两般六角小龙洋"。）"筹马洋钱色色齐,拈牌叙座认东西;村姑饷客饶风味,白煮河鱼醋溜鸡。""诗狂那抵酒狂豪,浓墨淋漓蘸鼠毫;赢得美人亲拂纸,一枝不律当舟操。"（钞本第一句"那抵"作"不及",第四句作"风流只合让吾曹"。）"为爱名花第二株,阿谁引手试招呼;醉中狂极褰裳去,博得纤纤玉笋扶。"即从这几首诗看,便知当时船娘之行径,是真异于"淫娃之俗抱"。此外如："熟人相见乱呼名,索债添钱闹不清;趣语撩人偏发狠,者般风气亦多情。""百般调笑百般娇,柳外维舟为避嚣;纤手细拈苍耳子,轻轻生怕发飘萧。""擘蟹烹鱼餍老饕,夜深归去泛渔舫;女儿偏说游人饿,蘸起浮萍水一篙。""手抱船沿梢倚楼,谑言调笑惹娇羞;簸扬真个身无主,欲采池莲不自由。"她们对于一班风雅之士打情骂俏,斗趣撒娇,颇类风尘知己,自会使人为之颠倒,并且形于歌咏了。

当时船娘中以莲娘、转娘、挡子、小蔚、巧姑等为翘楚。至笔者常作湖上游人时,则多已不见,剩下的如转娘、挡子辈,早是风华老去,再不为游人所瞩目,这真是时光老人的冷酷。

此外,这班风雅之士,其行径似亦与近年游人不甚相同。如:"锺庄小憩倦游踪,北郭寻春野兴浓;一事绝奇真可笑,犬声狂吠怕三恭。"(钞本"锺"作"宗"。)诗下有注云:"客三揖而犬退,至今湖上艳称之。"这十足表现出书迂的行径,谁复再有如此的雅量呢?又如:"鲫鱼枉自买河干,枯柳无枝欲贯难;急煞於陵陈仲子,就烹何处可分餐。"(钞本作"鲫鱼九尾虹桥买,枯柳无枝欲贯难;急煞於陵陈仲子,牟尼一串上河干"。)这是如何的落拓不拘,谁复有如此的雅趣呢?更如:"何事桥东得得来,为寻诗句几徘徊;我侬消遣耽幽寂,易惑寻常一辈猜。"这又是何等的雅人深致,恐尤非近年游人所乐为了。近年湖上,似已增加不少轻薄的情调、伧俗的气氛,如从另一角度去看,或者也是一种社会上应有的变革。可是在笔者读罢《小游船诗》,想到幼年所见于诸前辈者,又何能免于悠然神往!

(《申报》1947年8月25日)

五亭桥下

　　喜爱游瘦西湖的扬州人，其所喜爱之处，会因性情而异，或学养而异，又或年龄而异。即以笔者说，幼年在小学求学时，午后散学，常是约三五同伴，连跑带跳，一直到小金山的对河，花费铜元一两枚，便可全体渡河，直登后山风亭，四顾苍茫，高歌一曲，或狂啸数声，便又匆匆归去。那时小金山的风亭，应是笔者所最喜爱的了。后来偶然弄笔，看似雅好文艺，实均浅尝即止，却因此染习到不少文人气习。于是游瘦西湖时，便喜驾扁舟一叶，落寞地向烟水迷茫处去。风雅一点说，是寻觅诗料，实亦不过藉以惬幽怀、骋遐想而已。又因不喜热闹，便懒得向游船多处厮混，尤不喜见到"请上坐"、"泡好茶"的山寺俗僧，也便不会在小金山、徐园以及法海寺等处张筵取乐，以示豪迈。不过无论如何，瘦西湖的五亭桥下，总是任何人都很喜爱之处，似乎并不因性情、学养以及年龄而异。

　　《扬州画舫录》上说："四桥烟雨，一名黄园，黄氏别墅也。"又说:"四桥烟雨,园之称名也。四桥,虹桥、长春桥、春波桥、莲花桥也。虹桥、长春、春波三桥,皆如常制。莲花桥上建五亭,下支四翼,每翼三门,合正门为十五门。《图志》谓四桥中有玉版,无虹桥。今按玉版乃长春岭旁小桥,不在四桥之内。"笔者生晚,已不见《画舫录》中所说的玉版桥以及春波桥,仅见虹桥、长春桥,以及莲花桥。这莲花桥,即俗所称五亭桥,因为"上建五亭"的原故。不过在民国二十二年以前,年久失修,桥上五亭,陆续倒坍,至于一亭都无,一时游人遂戏呼为无亭桥。至二十二年,邑人王柏龄等倡修此桥,组织了重建扬州五亭桥委员会,募了好几千元,并且移用了城内皇宫的砖瓦木料,才将桥上的五亭重建起来,至今还有王氏撰的《重建五亭桥记》石刻安置在桥上。

这桥上因为有五亭,偶立桥头,看看四围景色,桥下游船,不畏烈日,不忧骤雨,固然也饶有意趣,但终不及桥洞里别有洞天。《画舫录》上所说"下支四翼,每翼三门",就在每翼三门中,也就是桥洞里,可容小游船两只,或大游船一只。在事实上,大游船是不多进去的,因为最多只能进入一半,船梢要抛撒在

外面，因而在这别有洞天之处，遂多为小游船所独占。

游人们将小游船撑进去以后，可以躺在藤椅上假寐。好风从三个门吹送进来，无论外面的骄阳如何逞威，这里面却终是个清凉世界。桥的正门是游平山堂的必经之道，在里面有意无意地迎送往来船只，又是游目骋怀的好处所。并且隔水笙歌起落，沿河杨柳低昂，尤可悦耳娱目。

不过这桥洞里虽可容小游船两只，但如有一只已经进去，做了先得的捷足，于是后到的便多停在外面，或即望望然而去了。因此五亭桥下所谓"四翼"，不会怎样扰攘起来。反正撑到桥洞里面去的在于避嚣，又在于纳凉，偶或在于谈情说爱，如志在游湖，或想赶热闹，便不想撑进去，偶或进去停停，经过极短的期间就会离去。

笔者萍踪靡定，年龄愈大，逗留在扬州的时间愈少，每忆故乡景色，首先必想到五亭桥下，可是又何能有再更多的闲暇时间，容许自家扁舟一叶，避嚣纳凉于其下呢！

(《申报》1947年10月4日)

扬州面点

通都大邑的茶社酒楼常悬有"维扬细点"的招牌，足见扬州点心是可口的。其实除了点心而外，切面也似别饶风味，因略谈扬州面点。

扬州切面，苏北人士有以为不如东台之细，东台之面，堪称银丝细面，可是扬州之煨面，却亦非东台及他处所可及。煨面之种类很多，大率随时令而异，有刀鱼煨面、螃蟹煨面、野鸭煨面等等，此外更有一般的如虾仁煨面、鸡丝煨面等等。这煨面之妙，在于面汤鲜美，面条软熟，而又不致汤与面混糊不清。在昔伊秉绶曾任扬州知府，伊府面即其所创，而煨面据传亦惜馀春主人高驼翁所创。伊、高均是福建人，这煨面之创制，看来似颇受伊府面之影响。

至于点心方面，尤多精美者。《画舫录》上论及扬州各茶社，以为"其点心各据一方之盛。双虹楼烧饼，开风气之先，有糖馅、肉馅、干菜馅、苋菜馅之分。宜兴丁四官开蕙芳、集芳，以糟窖馒头得名，二梅轩以灌汤包子得名，雨莲以春饼得名，文杏园以稍

麦得名,谓之鬼蓬头,品陆轩以淮饺得名,小方壶以菜饺得名,各极其盛"。时移势变,这许多"各据一方之盛"的茶社,现时都已不见。记得幼年尚在南门大街见有"品陆",一爿小小的茶社,既非旧址,亦不以淮饺得名,今则并此亦无。近年的扬州点心,则除了陈家烧饼外,笔者以为翡翠稍麦、千层油糕、蜂糖糕以及汤包均值得一提。

关于翡翠稍麦及千层油糕,笔者曾于《惜馀春续记》中道及。而蜂糖糕则以一斤一小块购自茶食店者为最佳,茶社中所售,亦是由茶食店中转买而来,多非自制。此糕以松软、香甜、爽口胜。所谓"蜂糖",当是代表"蜜"字。彭乘的《墨客挥犀》上说:"杨行密之据扬州,民呼蜜为蜂糖。"由此可推证蜂糖糕便是蜜糕,不过与江南各地之蜜糕却颇有不同,因而也别是一般滋味。他处仿制者,能松软香甜已是不易,欲求爽口,便更难遇见。

再谈汤包,即《画舫录》中所称灌汤包子,与镇江或淮安所制都有不同之处。镇江与淮安均以汤包著名,但镇江所制,一年中仅有生肉及蟹黄两种,而扬州则更有野鸭及豆苗等类。淮安所制,比之扬州,如以味论，似尚不及，只是大愈两倍，大得别致而已。

扬州面点，其可口既如上所述，是以扬人便乐于到茶社去进早点，人谓扬人"早上皮包水"，这"皮包水"的习惯之养成，面点之可口，实具有极大的诱惑力。即以笔者论，客居异地时，每当早餐，便常念及故乡面点，大类张翰之思莼羹鲈脍。不过扬州面点虽好，而扬州茶社则已今非昔比。在昔茶客之进面点，数量都很少，茶却饮得极多。他们以为吃茶不应与风雅分离过远，如是进面点至于杯盘狼藉，总不免显露伧俗之气，他们似乎共守一则信条，即是"君子淡尝滋味"。而近时则来往茶社者，多不嫌面点之多，如仅稍进面点，堂倌固不垂青，自家亦觉寒酸。于是阮囊羞涩之辈，或崇尚风雅之人，便不再常至茶社。即便回到故乡，也还会和作客的张翰一样，对于故乡面点，依旧列在怀念之中了！

（《申报》1947 年 10 月 18 日）

图书馆桥

故乡的儿时嬉游之地,年事既长,偶一经过,必多回忆,有时为了免生感喟,也会绕越改道。譬如吾扬之图书馆桥,虽是往来新旧城间的孔道,而笔者便不甚愿意从那里经过。

桥以图书馆名,自是因其贴近图书馆之故,可是如今桥之附近,并无图书馆,这在中年人尚能知其旧址所在,而青年人则在其记忆的领域中,便难于觅得丝毫印象了。

原来此桥直对现时的五区专员公署,现时专署便是战前教育局,教育局以前便是劝学所,劝学所以前便是图书馆了。汤寅臣浒北先生著的《广陵私乘》上说:"蒋一夔,字绍篯,原名彭龄,甘泉岁贡生。少年时不自检束,好狎邪游,几不能自保其鼻。然其为人好新学,勇于任事。方其为县视学时,创办华瀛公社,谋立地方高等小学堂,建设公园,筑图书馆,并筑桥以通行人。虽经费不必尽由己出,然能于晦盲否塞之际,力谋公益,以冀开通,不可谓非一时之人杰也。"陈懋森赐卿主编的《江都县新志》上也说他"光绪戊戌创匡时学会于扬州，与康有为、梁启超遥通声气。迄康梁势败，学会虽停，而兴学之志不少衰，扬州府中学及江甘小学，皆其提倡。平生以开通民智为己任，组设华瀛公社，搜罗中西图书，任人购阅，灌输新智识于民众，学者深资其益。又设私塾改良会、法政讲习所、江甘自治分所，建筑图书馆于旧城之墟，并醵资建筑公园，园在图书馆南，成绩斐然，资望益著，因充任甘泉劝学所所长，得遂提倡教育之夙愿"。于此可知如今的图书馆桥，乃因过去贴近图书馆而得名，而此桥与图书馆、公园等等均蒋先生所创修。在蒋创修此桥及图书馆、公园等等以及充任劝学所长时，颇受邑人之攻讦。如某名士所写《扬州十古怪小曲》，其五首即以蒋为攻讦对象，如说："五古怪，真古怪，烂鼻居然登学界；两年视学善钻营，十载廪堂尤厉害；把持公益技偏多，勾结官场才不坏，"又说："府中高等总监工，洋钱赚了三千块；楼房高砌到城头，陈设图书做买卖。"此等冷嘲热骂，几使当事者无地自容。可是笔者每过图书馆桥，儿时旧事，固荦集脑海，而对于蒋先生之所作为，仍多钦敬之处。因为感今怀旧，

他总还为地方做了若干公益之事，也颇有一些表现，似不应仅是一个冷嘲热骂的对象。

说到儿时旧事，图书馆旧址，直至改为最近之专员公署，其间使笔者感到最大不同的，乃是进出之人随着时间而愈变愈少。因为图书馆时代，可以任人进出；劝学所及教育局时代，进出者便有限制；到了专署时代，则更有限制。不过劝学所及教育局时代，在房屋后面还有一座高耸的土丘，这是旧城城垣拆除后的遗迹，也就是《新志》上所说的"旧城之墟"，儿时常喜和小友上去看看，可以约略得见劝学所或教育局的屋宇之布署，以及人员之动态。后来土丘被局里用竹篱围绕进去，便无法再能上去。但是每经其地，必见土丘，虽念念于旧事，却还慰情良胜无。不意时至今日，土丘又复夷平，都已变成屋宇，于是经过时，却又怀念着失去的土丘了！

在《新志》上说到蒋先生曾"醵资建筑公园，园在图书馆南"，实只相去咫尺。当公园初落成时，记得还略具亭台之胜，可供游览。虽因其中茶社太多，被人讥为"公园茶社"，可是那时内城河还能勉强行驶游船，游人可以由贴近图书馆桥的公园码头上船，从西

图书馆桥

水关出城去游瘦西湖。当游船在内城河行走,穿过一道道桥洞时,两岸绿阴掩映,沿河人家多有凭窗目送者,常会令人念及杜牧之诗:"春风十里扬州路,卷上珠帘总不如。"及至薄暮返城,穿过一道道桥洞时,月光照水,水波荡漾着树影、人影以及舟影,又常会令人念及杜牧之诗:"二十四桥明月夜,玉人何处教吹箫。"现在图书馆桥虽还存在,公园码头却早已经没有,而公园的大部分已为税捐处所占用,剩下极小部分,据说还是茶社,但是残破得可怜,又冷落得可怜。此外,所谓内城河,也变成了小沟,两岸为垃圾所独占,无复绿阴掩映。固然西水关为了防务关系,一时堵塞,即使依旧开放,游船又如何再能进入呢?——这些都是因图书馆桥想到的旧事,笔者为了怕增加脑海里回忆的负担,绕越改道,不愿从那里经过,实亦情非得已!

(《申报》1947 年 11 月 5 日)

闲 人

吾人每谈到扬州,便极易念及扬州过去的繁华,而一串连涉及扬州的诗句,如"烟花三月下扬州"、"卧吹箫管到扬州"、"夜深灯火是扬州"、"绿杨城郭是扬州",以及"春风十里扬州路"、"十年一觉扬州梦"等等,一时会很自然地坌集到脑际或口边。这过去繁华,配合着旧时享乐方式,征歌选色,弄月吟风,迄今所能遗留给扬人的却只剩了一派悠闲之态。看去似乎还有不少人保持着共同的人生观,即在饮食方面,但求稍能舒适,而在事业方面,却不必定图进取。在这不少人中间,更有若干终日出入茶社,却终年不作一事的闲人。

闲人的典型,以笔者昔日亲身所见,又复值得追述者,可举两事为例。扬州过去毕竟是一繁华之地,虽已走向衰落之路,但是百足之虫,死而不僵,其旧架子还在。因此,仍有不少盐务机关与慈善机关。某甲便从这一方面着眼,此一机关挂一名义,月得十元八元;彼一机关挂一名义,又月得十元八元;再一机关挂一名义，更月得十元八元。于是某甲挂名的机关愈多，每月收入，聚沙成塔，也就很有可观。在民国十四五年时，扬地发行一种小报，报名《透视》，曾载有某甲职务一览表，真是蔚为大观。但其挂名虽多，每种名义下的收入却都不多，而某甲也决不争多，看似颇为恬澹，实则某甲胸中对于此点却自有不可更变的铁则。因为某甲很知道，待遇如稍多，便会有觊觎争逐的人，并且主管人或有更迭，也会注意到以此安插人员。只有待遇少少的，谁都不屑前来攘夺，也便可以长久保此位置了。后来某甲竟因利用此策，挂空名，领干薪，优游岁月，并且自建住宅，栽花种竹，便也像一风雅中人。这是一例。

此外，扬州虽已大异昔日，但爱慕风雅、擅长书画以及收藏书画的人却还不少。某乙便从这一方面着眼。凡是擅长书画之人，某乙必殷勤结识，又必特备佳纸，央请写字作画，并且再三叮咛其不写上款。原来某乙即以此书画贻赠收藏书画之人，藉以换取若干代价，维持自家生活。某乙原是富春茶社中不了了斋的老顾客，虽不必腹笥便便，却也温恭有礼。一时书画家以其不俗，兴会所至，固乐于为其执笔，而收藏

家则以其所得都非赝品，也乐于略予资助。于是某乙便因此终年地度其悠闲之生活，虽不能如某甲宽裕，却也不致为了自家衣食，仰屋兴嗟。这又是一例。

上述甲乙两闲人而外，自然还有其他各型的闲人，但都不如某甲之闲得别致，和某乙之闲得典雅。所惜这两人在抗战前后，都已相继逝世，如还健在，处在如今更形衰落的扬州，不知还能闲得别致和典雅，不致如现时闲人常飘喜庆柬帖，或伸手向人告帮，扮演着诸般丑态否？

（《申报》1947年11月15日）

长堤春柳

杨柳和扬州像颇有关系,这大约是因过去的隋堤之故。《扬州府志》上说:"隋开邗沟入江,旁筑御河,树以杨柳,今谓之隋堤。"《炀帝开河记》上说:"诏民间有柳一株,赏一缣,百姓竞献之。又令亲种,帝自种一株,群臣次第种,方及百姓。时有谣言曰:'天子先栽,然后百姓栽。'栽毕,帝御笔写赐垂杨柳姓杨,曰杨柳也。"便因这隋堤多柳,而炀帝又死在扬州,于是谈到扬州,也就谈到隋堤和杨柳。到了王渔洋的《冶春词》所谓"北郭清溪一带流,红桥风景眼中秋,绿杨城郭是扬州"盛传后,"绿杨城郭"竟变成扬州的异名,而杨柳也像是扬州特有的点缀了。

在昔扬州的杨柳,无疑是很多的,而北郊瘦西湖的长堤上则为尤多。因此,扬州八景中便有所谓"长堤春柳"。这长堤春柳,据《画舫录》上说:"在虹桥西岸,为吴氏别墅大门,与冶春诗社相对。"又说:"扬州宜杨,在堤上者更大。冬月插之,至春即活,三四年即生二三丈。髡其枝,中空雨馀多产菌如碗。

合抱成围,痴肥臃肿,不加修饰,或五步一株,十步双树,三三两两,跂立园中。构厅事,额曰'浓阴草堂',联云:'秋水才添四五尺(杜甫),绿阴相间两三家(司空图)。'"此外《画舫录》中写"西园曲水"时,更说及西园中的"觞咏楼西南多柳,构廊穿树,长条短线,垂檐覆脊,春燕秋鸦,夕阳疏雨,无所不宜。中有拂柳亭,联云:'曲径通幽处(高适),垂杨拂细波(温庭筠)。'北郊杨柳,至此曲尽其态矣"。可见扬州北郊的杨柳很是著称,而长堤春柳则又是北郊的杨柳之代表作。

关于长堤春柳,《画舫录》中更说到过去为黄氏为蒲所筑,并另有汪氏元麟,以画《长堤春柳图》得名。此图不知今日是否尚在人间,而黄氏当时修筑长堤春柳的情形如何,也不可复知。以现况说,长堤总算还存在着,长堤上一座已经很残破的亭子里,还悬挂着陈氏重庆所写的"长堤春柳"横额,可是春柳却仅剩三五零星了。在亭子里更有陈氏所撰《修复长堤春柳记》的石刻,其中说到,"故湖上八景有长堤春柳,其地起虹桥为堤,西属之司徒庙,元崔伯亨花园直堤之半,王、卢冶春修禊,先后咸在于此,是为洪氏倚虹

长堤春柳

园,今徐园则其地也。丙辰之岁,杨君炳炎兴治徐园,既葳其事,复出私财,自园至虹桥因故堤增高益广,夹植桃柳,荫蔚成蹊,凡用银元若干枚,修堤一里,植树五百馀株,而后旧迹所存,图经所载,可考而见"。于此可知,最近一次修复长堤春柳景色的时期,是在民国五年,主其事者是杨氏炳炎。杨氏名燿。关于此事,在《江都县新志》上亦有记载:"徐宝山殁后,邦人士于湖上建园,祀宝山其中。初,董其役者吴策,策卒,燿继之。值盛暑往来烈日中,时燿年近七十,不惮劳苦。逾年园成,复于红桥西沿堤植柳数百株,以达于园,中建一亭,为游人休息之所。今所植之树,皆扶疏垂荫,春夏间自红桥以东遥望之,俨若图画,而惜乎燿之不及见也。"《新志》上只说"植柳",而《修复长堤春柳记》上却说"夹植桃柳",以笔者昔时所见,确是一株杨一株桃。只不过短短三十年,而由杨氏修复的长堤春柳,又已摧毁,春柳还有三五零星,桃树便连一株也不可复见,剩了孤露着的一条所谓一里长的"长堤",游人经过其上,既感崎岖碍步,又苦尘沙扑面,哪能再能如《新志》所说"春夏间自红桥以东遥望之,俨若图画"呢?

  不过抚今思昔,笔者于十数年前却还能于春秋佳日在这长堤春柳间,时时作图画中人。三五知交,踏过红桥,缓缓地由长堤向徐园走去。两旁杨柳依依,千条万缕,戏弄着游人的衣袖,一时游人衣袖上也像点染上不少的绿意。兼以春日夭桃呈艳,夏秋鸣蝉竞唱,更使人感到尘氛悉蠲,俗虑尽涤,步调在不自知间益复缓慢了许多,藉以细细咀嚼其中的诗情画意。有时又会亲持钓竿,闲坐在绿荫下垂钓着,此时得鱼与否,似乎并非十分关心之事,却尽是鉴赏着水中柳影的婆娑,以及落花的荡漾。除了步行,又常扁舟往来于长堤。总是要船夫贴岸行驶,好随手攀折着柳条,并非以此赠别,却想带了回去,藉志湖上的游迹。可是此等情景,在笔者都已成为旧梦,长堤早已经非复旧观,游船似乎也不胜沧桑之感,再不沿着长堤这一边行驶了。不知何时更有好事如杨氏炳炎,再来修复一次长堤春柳,笔者惟有怀着无限企盼的心情而已!

  (《申报》1947年11月29日)

扬州浴堂

笔者于《茶客》一文中曾说:"俗谓扬人喜爱'早上皮包水,晚上水包皮'。'皮包水'是指赴茶社吃茶,'水包皮'则指赴浴堂洗浴。"关于"皮包水"事,已多有道及,现在更一谈"水包皮"。

该是便因为扬人喜爱"晚上水包皮"之故,扬州浴堂,比之别处似乎都要多些。《画舫录》上说:"浴池之风,开于邵伯镇之郭堂,后徐宁门外之张堂效之,城内张氏复于兴教寺效其制以相竞尚。由是四城内外皆然,如开明桥之小蓬莱,太平桥之白玉池,缺口门之螺丝结顶,徐宁门之陶堂,广储门之白沙泉,埂子上之小山园,北河下之清缨泉,东关之广陵涛,各极其盛,而城外则坛巷之顾堂、北门街之新丰泉最著。"这"各极其盛"的若干浴堂名称,至今也还有保留着的,只是时移事变,今昔不能相比而已。

先就池子说,《画舫录》上的记载是"并以白石为池,方丈馀,间为大小数格。其大者近镬水热为大池,次者为中池,小而水不甚热者为娃娃池"。这大池、中

池以及娃娃池的名称，在笔者幼年时已不复听到，只知是头池、二池和三池，并且三池大于二池，二池又大于头池。该因为娃娃池里是温水，便于一般澡客，不仅限于娃娃，所以名称须变，面积也须扩大。而"近镬水热"的头池，不是人人所需，自然在供求的原则下缩小其范围了。

次就座位说，《画舫录》上的记载是"贮衣之柜，环而列于厅事者为座厢，在两旁者为站厢，内通小室，谓之暖房。茶香酒碧之馀，侍者折枝按摩，备极豪侈"。所谓站厢，笔者幼年还能见到，其顾客以苦力居多。此外，座厢便比较好些，而暖房则更舒服了。白沙惺庵居士《扬州好百调》中所写："扬州好，沐浴有跟池。扶掖随身人作杖，摩挲遍体客忘疲。香茗沁心脾。"也是指一些暖房里的顾客而言。这类顾客多有固定的"跟池"，每遇洗浴，那固定的"跟池"，会扶掖着入浴出浴，并且能熟知其顾客的习性，像脚如何烫法，背如何擦法，在池子里闷的功夫要多大，喜欢不喜欢烫水，都会代为调排得妥妥帖帖，使顾客舒舒适适，这当然也是"备极豪侈"的事。

更就习俗说,《画舫录》上的记载是"男子亲迎前一夕入浴,动费数十金。除夕浴谓之洗躐蹋,端午谓之百草水"。这"洗躐蹋"和洗"百草水"的习俗,至今小的浴堂还是有的,大而新的浴堂则都不复有此名目。至于亲迎前入浴费钱,时至今日,已不再见,可是笔者幼年时却还遇到。因为亲迎者入浴时,总是有人陪伴着,并且要换上一身新的所谓"装亲褂裤",谁都会看到和知道,堂倌等等自会趁机讨索喜钱,"动费数十金",便是这样费去的。

此外还有数事,亦为笔者幼年所亲历而今却已没有的。在每一浴堂进门时,迎面粉壁上都写有一个很大的"忍"字。又每一小儿初入浴池时,领带的大人会带几枚"顺治"钱投到池里,后来顺治钱难找,便改用铜元。写"忍"字是何意,殊令人费解。或谓这是因为在浴池里,人皆是"袒裼裸裎",挤挤碰碰,所不能免,如竟动辄生气,从相骂到相打,池里水热,池外水滑,是极易发生危险。因此,于顾客入门时,使其触目便见"忍"字,藉以提高其警觉性。至于小儿初入浴池,必投铜钱,或者意在讨吉利。原来我国

人是相信多神论的,以为无处无神,浴池自也有神司理,虽是贿赂公行,却正是求其保佑呢!

(《申报》1948年4月21日)

《扬州好》

吾扬辛补芸前辈所著《小游船诗》，其称道扬州瘦西湖的昔时情况，真不胜令人神往，笔者已于另文述及。继辛先生之后，更有惺庵居士的《扬州好百调》。居士姓黄，名鼎铭，字録奇。《江都县新志》上说他"工文章，有声庠序"。又说他"书法北朝，得其逸趣。能诗，所作多随手弃去，《扬州好》及《四书诗》尚存"。这《扬州好百调》，调寄《望江南》，其抒写的对象比之《小游船诗》要广阔得多，举凡扬州的古迹、风物、习俗以及土宜等等都说到，大可当为一部扬州小志读。先大外祖臧诒孙题词四绝，其第一首云："卌载光阴一掷梭，吾乡风物近如何；得君百调词翻出，才觉扬州好处多。"第四首云："小游船泛夕阳时，曾和辛郎湖上诗；辜负藕花好天气，不如黄九善填词。"其推崇《扬州好百调》，实非阿其所好。

《扬州好》中所写的一切，时隔数十年，已有很大变异，但因写得极亲切有味，还可引起笔者若干旧梦。譬如说：

"扬州好,盛典举迎春。熊轼八台瞻彩服,牛鞭三尺动香尘。随后有芒神。"

"扬州好,神会出城隍。泥膝拜香痴妇女,踮肩随驾俏儿郎。三次利孤忙。"

"扬州好,胜会出都天。茉莉万花穿伞扇,笙箫两部导秋千。台阁矗云烟。"

"扬州好,水会夜深过。桂楫迎来都土地,荷灯放满护城河。施食市僧多。"

这许多迎神赛会之事,时至今日,几已绝迹,而在清末民初还是很为热闹。笔者过去虽未扮过"芒神",也未"踮肩随驾",更未照料"台阁"或放灯施食之类,却曾多次的随着家人在群众中钻进钻出,手舞足蹈的哗笑着。当时又有瞎子赛会,尤饶风趣:"扬州好,赛会号双盲。白眼横加怜矒矒,红旗分执共跄跄。陨越慎提防。"便是写的此事。所惜如今扬州的瞎子并不少,而这样的赛会之事却再难饱人眼福了。

此外,《扬州好》上说:"扬州好,花局试徘徊。绕屋清阴芦箔护,分行浓艳瓦盆栽。雅意比怜才。"花局之多,便因莳花爱花的人之多。郑板桥曾说扬州"十里栽花当种田",虽是夸饰其词,但扬人过去多爱

《扬州好》

花草,却是事实,于此可见过去扬人之"雅"。又说:"扬州好,书厂破愁魔。说到飞跎回味美,听来皮癞发科多。四座笑呵呵。""飞跎"是指《飞跎子传》,"皮癞"是指《清风闸》,这是道地的扬州评话,非土著是不会彻底了解其中许多俗语的。扬人都乐于去听,儿童们听到或谈到飞跎或皮癞,则更眉飞色舞。于此又可见过去扬州之"闲"。"闲"与"雅"原是过去扬人的典型生活。可惜现时扬州花局甚少,已是花事阑珊,无复当年绚烂,而说《清风闸》的还有,说《飞跎子传》的已不可复得。就扬州评话界说,尤令人有老成凋谢之感。

末了,关于扬州清末办理教育情形,《扬州好》中也曾说到。如:"扬州好,几等学堂开。名别官私分教育,课兼中外植英才。一岁一班来。""扬州好,广辟体操场。人比虾蟆跳足走,群如狮子抢球忙。从此国民强。""扬州好,女学集瑶姬。黑面书编怀里挟,黄皮包裹手中携。真个赛男儿。"大约黄先生是看得很不顺眼,因而辞句之间,便充满了调侃的成分。又说:"扬州好,南北戏分台。名角两班排日演,学员半票似潮来。旋闭又旋开。"这正是过去时髦青年之时髦举动。

笔者在幼小时,对于此等举动,也曾怀着无限艳羡的情怀,可是现在读到黄先生这首词,却只引起无限的怅惘。即使笔者能够年光倒流,儿时可再,恐再无艳羡的勇气,且任他放置在旧梦中罢!(二十八)

(《申报》1948年4月7日)

闲话扬州

易君左 著

整理弁言

易君左先生，学名家钺，字君左，号意园，又号敬斋。一八九八年出生于湖南龙阳（今汉寿）一个世代书香之家，乃易佩绅之孙，易顺鼎之子，易顺豫、易莹、易瑜之侄。一九一六年在北平某中学毕业后，考入北京大学法学院，随后东渡日本，进入早稻田大学，攻读政治经济学。一九一八年因与曾琦等创办反日救国之华瀛通讯社，被逐回国，次年即参加五四运动。一九二一年加入文学研究会。同年夏赴日本续读，一九二三年毕业，获硕士学位。回国后任教于上海中国公学，兼泰东书局编辑，随后在安徽政法专门学校、湖南政法专门学校、岳云中学等任教。一九二六年秋，革命军北伐，任国民革命军第四十军政治部主任兼特别党部常委。一九三二年任江苏省教育厅编审科主任兼江苏省党部江苏文艺社社长等职。抗战期间，在重庆军事委员会政治部、中央文化运动委员会、全国作家协会等机构任职。抗战胜利后，回上海，任《和平日报》副社长兼副主编，不久创办《新希望周

刊》。一九四九年举家迁台，旋即转赴香港，先后任珠海学院、香港浸会学院教授及《星岛日报》副刊主编、中华诗学社社长等职。一九六七年九月返台定居。一九七二年三月十七日病逝于台北，享年七十四岁。

易君左是富有才华的诗人、散文家、政论家，在研究、创作、编译乃至书画方面都有相当成就。他一生著述繁富，约有七十馀种，择要列举如下，如政治经济读物有《西洋氏族制度研究》、《中国政治史》、《中国社会史》、《我们的思想家》，文学论著有《杜甫今论》、《中国文学史》、《华侨诗话》，人物记述有《史可法》、《文天祥》、《中华民族英雄故事集》、《祖逖》，散文游记有《西子湖边》、《十年旧梦重温录》、《闲话扬州》、《江山素描》、《奉母还乡记》、《战后江山》、《西北壮游》、《祖国江山恋》、《四魂血泪记》、《锦绣山河集：江苏》、《回梦三十年》、《川康游踪》、《天涯海角十八年》、《烽火夕阳红》、《祖国山河》，诗词有《少年忧患集》、《入川吟》、《中兴集》、《君左诗选》、《琴意楼词》。中国香港文学研究社将他与周作人、林语堂、李广田等并列，中国台湾当代学者则称他为"中国现代游记写作的第一名家"。

整理弁言

一九三二年，淞沪抗战爆发，在镇江的江苏省政府部分机构开始疏散，在教育厅任职的易君左到了扬州，暂住扬州中学内。他闲来无事，遍游扬州湖光山色，写了一本《闲话扬州》，一九三四年三月由上海中华书局出版发行。这本小书仅四万馀字，书前有扬州风光照片七帧，正文分《扬州人的生活》、《扬州的风景（上）》、《扬州的风景（下）》三篇，又有附录四篇。在《扬州人的生活》中，易君左揭露了当地"闻人"的伤风败俗，同时对扬州妇女的议论有失公允，引起扬州士绅的忿恚，他们以诽谤罪起诉易君左和中华书局，一本小书竟然掀起了轩然大波。最后，在各方势力调停下，易君左辞去江苏教育厅职务，在《新江苏报》上发启事道歉，中华书局则将《扬州闲话》存书销毁，此事就草草收场了。鲁迅对这起风波，说了很客观的话，《答〈戏〉周刊编者信》说："那时我想，假如写一篇暴露小说，指定事情是出在某处的罢，那么，某处人恨得不共戴天，非某处人却无异隔岸观火，彼此都不反省，一班人咬牙切齿，一班人却飘飘然，不但作品的意义和作用完全失掉了，还要由此生出无聊的枝节来，大家争一通闲气——《闲话扬州》是最

近的例子。"

当时有两个没想到,一是没想到《闲话扬州》后来成了扬州地方文化读物中的名著,二是没想到易君左因《闲话扬州》而名声大噪。

平心而论,本书的一些内容和观点,失诸偏颇,虽然已是九十年前的语境,编者仍不完全认可。但作为晚近以来影响较大的扬州地方文献,此书确有保存的价值。此次整理,在保持语言时代特色的前提下,对部分代词、助词和标点符号做了规范化处理,其他一仍其旧。

王稼句

二〇二四年四月二十五日

扬州人的生活

我们到一个地方,最好是要留心那地方的社会生活的实际状况。有好些名都大邑,外面看起来非常冠冕堂皇,而一究其实际,则疲癃残疾无所不用其极。以今日农村经济的破产,城市商业的萧条,人心的萎靡不向上,你无论到什么地方都有"沙漠"之感,越是繁华的地域,越像荒漠的原野,根本就因为你的心已憔悴了!

扬州这个地方最令人听着响亮,差不多爱游山水的人与所谓能文之士,没有一个不怀恋扬州。不仅如此,扬州又是一个出盐的区域,富商大贾云集在扬州;不仅如此,扬州又是一个产女人的地方,所以弄出一些骚人墨客风流才子来。

这样一个又雅又俗的扬州,我们不必考察它的地理,只翻看它的历史,再看看它的现状,就可以估定扬州的真正价值了!

但是,扬州确有令人可爱的地方!我举出一个朋友的例子来代表一般外客的感想。

　　这个朋友从远道而来,初入扬州的城市,悲愤填胸,对于凡是歌颂扬州的人如杜牧之王渔洋之流大不满意,说是在二千年前或是几百年前就定下了主意欺他。可是这位朋友当晚住在绿杨旅社,在房金不上一元的精精致致的房间里,喝了老源茂的半斤陈花雕,配上了几个小碟子,就有点飘飘然了,开开房门在走廊踱来踱去,横直没有事不妨凭栏闲睇,忽然白热电光中飘出一位绝代的佳人,等他揉揉眼睛一望,早已杳若飞鸿了!于是他叹声咽气地进了房,蒙头而卧,想去拜访杜牧之王渔洋两先生。

　　第二天清早,不晓得是由哪一个人指点迷津,他一个人悄悄地雇了一辆车出天宁门,由一群"船娘"拥着泛舟瘦西湖,折入小港,穿到有名的平山堂。一路柔风细柳,画舫兰桡,及至登高一望,江南青山,真与堂平!侧耳一听,松涛齐啸!他不禁大加赞美地道:

　　"人人都说扬州好,及到扬州果不差!"

　　他这两句诗虽不见得高明,却是一种天籁;同时表示每一个来游扬州的人,对于扬州的市内感受最恶劣的印象,对于扬州的郊外发生最甜蜜的爱情。

讲到这里，让我且先谈谈扬州的市政。

扬州城本是合江都、甘泉二县而成，分新城与旧城，自从王渔洋诗有一句"绿杨城郭是扬州"之后，好像"城郭"这一个名辞分外好听，而在实际上，扬州的城郭比较其他各府治确是修得高大坚固些。比如我在扬州住的南门即安江门，《嘉靖维扬志》谓之镇淮城，外有子城，子城中有隍，通响水桥，上建头钓桥，钓桥之外，又有子城，子城中有隍，通二道沟，上建二钓桥。扬州的城都是二重，只有南门月城有三重，可是城垛子现在是一个没有了。

"二十四桥明月夜，玉人何处教吹箫"，使我们想象扬州有一个最著名的二十四桥。这一个二十四桥的争论到下节再说，此处只说扬州的桥确实很多。我们有一部分人假扬州中学地址办公时，天天经过太平桥，天鸥兄所谓"乱离时过太平桥"者，因为太坏了，偶加修理，一个不慎，就压伤了许多人。我那首诗的末二句：

"圆桥小伞清溪上，添个诗人入画屏。"

我说的圆桥就是新桥，你站在新桥或太平桥一望，可以见着许多桥孔。

但是没有一个好桥，城西北角有一个转角桥，又名断桥，一群叫化子匍匐桥边讨钱，讨不着便叹气，大家就叫那块地方为"叹气湾"。

最坏的是路，除开惟一热闹的区域如多子街、辕门桥几处外，无论大街小巷，都是乱石砌成，上无漏水，下无阴沟，下一次大雨，通衢便可行百石之舟。

因为桥多，路不平，所以你如果欢喜按摩术，最好是坐扬州的人力车。在扬州，也有一辆摩托车，听说是督办公署的，我在南门街上发现过一次，围而观者如堵。

在扬州你如果发现有楼房，我出一块钱；发现两层楼，我出两块钱；以此类推。我们知道，北平的住宅没有楼乃是因为风大，扬州虽挂名江北之列，实际上的气候还是南方化，为什么不修楼呢？

江南一带的房很少有天花板，镇江、扬州尤其如此。扬州这个地方说来很奇特，除了极大极大的阔公馆外，普通都是一些陈腐不堪的平房，北平是走马回头式，而在扬州却没有一定，以住宅而论，扬州没有中间阶级的存在性。

可是大而无当的公馆非常的多，这些大公馆都是从前的仕宦、盐商造起来的，南河下一带是号称模范住宅的区域，然而十有八九都是荒凉不堪。即如何家花园，亦名何园，是扬州数一数二的名园，现在督办公署驻在此地，听说老早就很萧条（参看后面我的《何园游记》）。

有一点我们可以注意，即是扬州的住宅无论贫富大小，都有一个或大或小的庭园，这一点与北平很相似。每一个扬州人都好像很风流地都喜欢花，扬州花事之盛，恐怕在全中国居第一位。房间尽管湫隘逼狭，而每栋房子总有一个院子或花园或菜圃，越是大公馆，它的花园也越讲究。无论怎样寒酸，它的堂屋或大厅总是客客气气的。

普通住宅的墙壁都是砖砌成，讲究一点的是磨砖门面，这种水磨砖，有很多名色，如有规矩者为藻井纹，横斜者为象眼纹，八方者为八卦纹，半斧者为鱼鳞纹，参差者为冰裂纹，一为肺碎纹，上嵌梅花者为冰片梅等。

每一个人家门口，都贴着这样一副对联："大门外清风明月，家庭内积玉堆金。"每个大门横梁上，都贴着这样一个小条子："姜太公在此，百无禁忌。"

住宅以外的清洁真谈不到,所有灰屑并没有一定的储所,任各户自由地倾积,什么水都向街心泼。无论何处都是小便所,许多土著都在红男绿女过路的草坪中公开地大便。

然而马桶又非常的多,每天上午是马桶世界。担粪桶的男子与泼马桶的女人,一边刷一边摇一边嬉皮笑脸地谈天。那女人头上都插着一朵鲜花,只要是女人,头上没有不插花的。

每家对着大门的墙上供着土地神,扬州的土地菩萨真行时,随你走到大街小巷,满眼都是土地。土地庙前或是左右白墙上,画一些莫明其妙的故事,大概是迷信因果之类,也画有旧式的裸体妇人。

房价房租本来很廉,但遇着外路人或是抓着一个特殊机会,它便飞也似的暴涨。在扬州很自由的,横直没有一定的标准,今天要五十,明天要一百,是房东的自由。你若到扬州租房子,除非你是土著或有熟人介绍,否则他的把戏真多,几间稀烂的房子,地板都没有,他还对于没有家眷的不出租呢。

我们现在应该讲到一件事了,就是住的问题在扬州还不见得如何重要,最重要的是"食"。扬州人的食，充分地可以代表它的浪漫性。可以说，凡可以吃的东西没有不吃的，凡可以吃的时候没有不吃的，凡可以吃的地方没有不吃的！食的欲望的炽烈与食的环境的便利，对于一个饕餮大家是心满意足的。扬州的菜在中国成了一派，所谓"扬州馆子"。扬州口味一个"浓"字可以代表，最有名的自不然是"狮子头"（大肉圆子）。

你到普通住户人家一看，你会发生一种矛盾的感想，都说扬州人好吃，而每餐不过两三碗菜，冷冰冰的。有许多人家只吃一餐午饭，早晚都吃粥，粥并不是另外煮的，即用剩饭在锅里压碎，糊泥糊涂地视为珍品。这样讲来，扬州人的刻苦、节俭、生活单纯，各种美德还了得起吗？

但是我们进一步地去留心，就可以确立扬州人饮食的两个原则，第一是不注重在家里吃而喜欢在外面吃，第二是不注重正食而喜欢零食。对于吃饭吃粥，好像没有吃零星东西的那样热心。到老虎灶冲开水，顺便就在隔壁铺里买一个烧饼，开水还没冲进壶，烧饼已吃进肚里了。绅士们忽然闯入糖食店，将二枚铜元向玻璃柜上一丢，取出一颗小糖往口里一送，便匆

匆地跑出，这是常事。老太婆坐在街旁纳鞋底，从大眼镜框里瞟见卖油麻花的，先吃了一根再付钱。你游徐园、小金山，船头船尾，堤上堤下，都是卖糖果的，讨嫌已极！所以小孩子们住在扬州，个个都高兴。

扬州有一句最普通的俗语，就是"上午皮包水，下午水包皮"。什么叫做"皮包水"呢？就是指喝早茶。喝早茶的风气不只扬州，江南一带都风行，而以扬州为最甚。最著名的茶社有两个，一个是富春，一个是怡园。富春本是花局，带着卖茶，论点心之好，生意之兴隆，在扬州是首屈一指。

从前辕门桥有二梅轩、蕙芳轩、集芳轩，教场有腕腋生香，埂子上有丰乐园，花园巷有小方壶，天宁门有天福居，西门的绿天居，都是最著名的茶社；城外的双虹楼，并占湖山之胜。至于点心，双虹楼烧饼有糖馅、肉馅、干菜馅、苋菜馅之分，蕙芳、集芳以糟窖馒头得名，二梅轩以灌汤包子得名，小方壶以菜饺得名，文杏园以稍麦得名，叫做"鬼蓬头"。现在左卫街有一家烧饼店出品很好，富春的油糕和菜包子是最令人留恋的。

我们可以在每天上午八九点或十点多钟，看见扬州人在街上刷牙齿，大概是起床了，起床后第一件事便是"皮包水"。三三五五或独自一人到茶馆儿，坐下，这就生根了！茶房将茶泡一壶来，高兴就吃碗干丝，再高兴就吃点心。如果是两个朋友，就从《水浒》上的黑旋风李逵谈起，谈到昨晚隔壁人家的洗脚止，此外就是夹些时事新闻。

在这个茶社里，穿来穿去如黑蝴蝶一般的有的是人，卖报的、卖花和扎花的，卖挖耳鞋拔的，装水烟的，讨钱的，切酱牛肉猪耳朵的，应有尽有。吃茶的也满不在乎，高谈如故，有时飞一个眼到隔壁或对座的女人身上。

这样悠悠地灌一肚子水，至少要花费几个结实的钟头。好像是应该回来了，有万不得已的事这才去做做，否则，飘飘然地出了茶馆儿，在街上又飘飘地荡一下，就打马到"浴室"。

中国的浴室是享乐主义的结晶，扬州的浴室天下闻名。无论到哪一个码头，凡是擦背、修脚、打手巾把子的，都是扬州人。在浴室服务好像是扬州人惟一的职业，至于说擦得如何好，修得如何好，也不敢下断言。

扬州浴池之风开于邵伯镇的郭堂,后来徐宁门外的张堂,城内的张氏又在兴教寺仿效,于是四城内外都设遍了。现在比较好的是扬州浴室,你只向人力车夫说一声"浴室"(扬州音为"药石"),他便飞跑地拉你到扬州浴室。

比如喝老了茶的,到茶社并不开现钱,有一本小折子,每次登记就完事,拿现钱反而吃不到好点心,喝不到好茶,洗澡也是一样。

扬州人好吃的程度,从浴室里可以证明。有一次,我和天鸥兄去洗澡,看见一个半老者和一个中年人早坐在旁边炕上,喁喁地谈话,一边茶房端来了一碗汤两碗饭,那两人幽幽地就吃起来,一边修脚的在修脚。我们以为洗完澡了,等我们洗完出来以后,坐了一会儿,才看见他们开始脱衣,原来先前还没有洗澡呢。他们进去之后,我们很奇异地问茶房,茶房笑着说:"常事呢!"

这样的和时间做仇敌,可怜一天经得起几销磨!一个上午就只有皮包水,一个下午就只有水包皮,这一天就完了!晚间呢?自然有别的办法——最作兴的是看戏。

看戏的地点有两处:公园和大舞台。说起公园真会把人气死,很逼狭的地方很粗制的棚屋,大演其所谓文明新戏,偶然加上一点"扬州空城计",便算哄动一时。

大舞台是所谓京班旧剧,男女伶杂沓,薄木板的三层高楼常常拥满着看戏的人,我真有点耽忧!看戏的人,十分之四是小商人,十分之五是流痞及有闲阶级,只一分是各色人。因为戏价虽明定为四角,而在实际上差不多都是打半票——很多不打票的也并不一定是军人,所以每晚人虽多而收入有限。

这大舞台有一点很奇怪,即是戏单上明明刻着风雨无阻,但遇大风或小雨,可以随时宣告停演。

但有一点值得称扬的,即戏园内秩序尚好。军人看戏的很少,也并不闹;你在后面的几排坐椅上,常常可以发现和尚或尼姑。

戏目总不外那几套,在扬州演《铁公鸡》一类的戏,可以倾城倾巷地往观,如同三年前在长沙看演《火烧平阳城》的电影片,不料在今天镇江的大戏院开演还"满座"。但是扬州大舞台的演员倒还有几个肯卖气力的,虽说甄艳霞演《大劈棺》没有金玉兰那样的

做工，但她肯卖力地去做，就算不错！冯君瑞的《活捉吕蒙》一连打了九个翻筋斗，虽说是迹近野蛮，总比不打筋斗的要好得多了！

与其一天到晚皮包水、水包皮，倒不如在一天工作之后去看看戏。我说这句话，子诰兄一定举双手赞成，因为他有点大舞台的迷呢！旧戏的好处，就在有格律，太爱自由的中国人看了旧戏后，至少喝茶要用袖子来掩口。

扬州还有一种傀儡戏，我和子诰去看过一次。在一块荒坪里围一个布棚，木人及戏台与夫台上的陈设都比一般伟大而华丽，每一个人的戏价是铜元八枚。那天我们看的是《平贵回窑》，王三姐一股贞愤之气，令人好笑！

扬州尚有一家清唱，叫做双凤茶社，每人收茶资三角小洋，连戏资在内。有一个姑娘叫做一点青的，唱须生还好，其馀不敢恭维。这个清唱社生意极不好，第二回我去看时，已关门了。

除此而外，再寻不出相当娱乐的地方。说扬州平话的与零唱的多半在河边一带。从前绿杨村里有一个老妓会弹琵琶会歌诗，现在来往西园曲水一带，有一个老丐见游客就吟诗,大家可怜他,也欢喜给他几个钱,他用一根长竹竿头系着一布袋,很远就伸近船边来讨钱,他所得的钱比较旁的叫化子多,因他会吟诗。

我们顺便要讲到不正当的娱乐一方面了。关于这一点,我无经验,不能多谈。古人说的"烟花三月下扬州",全国的妓女好像是由扬州包办,实则扬州的娼妓也未见得比旁的地方高明。比如在绍兴吃不到顶好的花雕酒,在西湖喝不到顶好的龙井茶,一样的在扬州看不到顶好的姑娘。这是一个什么缘故呢?大概因为好的多出门,留下的就不见怎样高明了。郑板桥的诗:"千家养女先教曲,十顷栽花算种田。"虽未免说得过分一点,却是扬州的女子能歌曲懂戏剧的极多,至如娼妓,差不多没有一个不会唱曲儿。

据一个朋友告诉我,他在一个大商家宴会席上,曾看遍扬州所有的名花(?),发现里面有两个姿色态度谈吐性情都还像很好的,名字一个叫花秀英,一个叫筱子红。从她们的口中探出,知道因为国难的关系,从南京、苏州到扬州做生意的骤然增多,花秀英便是一个。

她们干这种可怜的生涯并不兴旺,最红的姑娘每

天顶多七八个条子,每个条子普通是一元。经贪官污吏龟婆娘姨茶房等的剥削敲诈,实际上得着几个钱!所以没有一个姑娘愿当妓女的,你看她外面裹着绸和缎,心里充满苦和悲。

比如你遇着一个姑娘,你问她是哪地方的人,她一定答复是扬州。所谓扬州,并不是限于江都县,是指扬州府所属七县——江都、仪征、高邮、宝应、泰县、东台、兴化而言,这几县都是出姑娘的地方。出姑娘的原因,就我的直觉所及,大约不外三种:(一)经济的原因——即一般生活很苦,地低水患多,收入不饶;(二)历史的原因——即由于一种习惯人情和风俗,浸至并不以当娼妓为耻;(三)地理的原因——即近水者多杨花水性,扬州杨柳特多,且完全水乡,见不着山的影子,所以人性轻浮活动,女性尤然。

赌的恶习好像还少。我在安庆看见,差不多家家打麻雀,尤其是妇女嗜之成癖,教育界打的底子更大。扬州的牌声我无所闻,就是在过旧历年,辕门桥市只看见成千万的花灯,满街乱闯的红男绿女,却也不大听见"雀噪",也许是我知道不周。

但是鸦片烟一项，就骇人听闻了！在街上踱来踱去的没精打彩的人，在桥头放鸽子的人，在茶馆儿喝茶的人，十有九个是烟鬼。在扬州旅馆叫大烟吃极平常，到各住户一望很少没有烟具的。乌烟瘴气的扬州城！

这是一个什么原故呢？听说有一个大机关给烟商做了保障，每月白花花的大洋三万元的报效，就什么都不管了！我所知道的，大家小姐充"打手"（即烧鸦片泡者）的正多着呢！

扬州的妇女们，除开真正苦力比任何男性还勇武勤劳外，一般的都萎靡不振。扬州是繁华的落伍者，女子是繁华的追逐者，所以扬州尽管不繁华，女子则一味慕繁华，但是因为社会经济力的薄弱，使女子纵慕繁华而不易得。因此，在扬州很不易看见几个摩登女性。老年妇女，坐在大门边抽旱烟，这是一个模型；中年妇女，一年到头扎裤脚，这是一个模型；少年妇女，花枝招展，这是一个模型；但很少有摩登化的。

所以头油、香粉、绒花、花样等等在扬州还是风行。越是乡里大娘越爱俏，鹅蛋粉的销路，据说销在小姐奶奶们是十分之三，销在乡里大娘是十分之四。

讲到这里,顺便要说一件奇闻。在扬州雇女工,已出嫁的叫做"高妈",未出嫁的叫做"莲子",无论姓张姓李,你只能按她是否出嫁的性质,一律喊她做莲子或高妈。你如果喊她做张妈或李嫂,或是像我们敝县的口气称她一声"李家姐儿",她不独不高兴,而且实行不答应你。

还有奇的,你如果没有家眷,去雇女工,那介绍所或熟人必先问你一声:"是门坎内的?门坎外的?"门坎内也者,即北方所谓"上炕"的老妈子者也,就是所谓老爷的临时家眷,听说每月也不过十元就行。门坎外则指平常服务的女工,普通每月自一元最多至二三元不等的工资。

女工照例是不带铺盖,孑身而来。扬州女子有一门最好的地方,都是大脚。服饰方面,不独女工平常,即有钱人家,在家好像都还朴素,新衣像是特为出门而制的。

扬州女子在衣服上有一种特殊的嗜好,即是喜欢穿藕花色的轻衫。关于这点,我曾做过两首词(见后)。在扬州简直没有大绸缎店,冒牌的西洋货与劣等的东洋货充斥,女学生则多穿阴丹士林布。

可是扬州妇女有一点为任何地方所不及的，就是无论老幼美丑，两颊都淡红得像海棠一般，或鲜红得像樱桃一般，或殷红得像玫瑰一般，这就是北地胭脂吗？我常见江南的女子都带着死灰色或虾青色，尤其是上海一带的妇女，简直就是棺材里的骷颅。这固然有水土的关系，但也因为是勤劳的效果，扬州女人的颊红也许是天给予她的。

我们从以上随便举出的事实看来，就可以知道扬州人衣食住行娱乐的大概。换句话说，扬州人的生活象征实在是散漫得很，没精打彩的。从这种现象里可以看出，扬州人的性格至少是带有几分懒惰、浪漫、颓废的不景气。又从这种性格里可以看出，扬州人的生产力不是薄弱而是放弃，所以陷于一般的贫苦。

差不多每家都有一个菜园，这个菜园是任其荒芜的，很少加以人工。保障这菜园的墙垣与篱壁，任其倾颓，并让其枯塞，町畦听其界限模糊。

在街上很难遇着一个精神饱满的人，放雀、玩花，是扬州人最高尚的消遣了。在太平桥头放鸽子的游民最多，养花的习惯最普遍，四郊最多花厂，最出名的是芍药。

　　古董店和破铜烂铁铺也多,教场一带,卖古董玩具的比屋而居,夹些算命卜卦的抢生意。有一个李少章比较有名,算一个命起码一元,赚钱不少。古董店以左卫街和辕门桥的两家为大,里面也有些好东西,有一个蔺相如完璧归赵的骑马像是窑烧的,生气栩栩,很能显出几分忠义的气概,据老板说是三代以前的古物,把我牙齿都笑歪了,又有一个古铜锤馗像,很合比例。

　　玩古董本来要懂古董,在扬州尤然。听说扬州人有一门狠处,即善模仿古物,一个不留神,就上他的当。可是大家后裔散落在市井的好东西确也不少,懂古董的人所以常常到扬州或苏州去收集。

　　小书店和书摊随地点缀,旧书破籍汗牛充栋。关于本地的文献荡然无存,"扬州八怪"的遗物真不容易收到。而且大家有钱不去买书,不去收集古书,最喜欢到小杂货铺里买整套的香烟中的画片。《水浒》一百单八个像,只一个所谓真韩滔,这一张小小片子就要索价二元四角,其馀每张不过一分,为什么这一张就如此其贵呢?即因香烟公司故意要花头,说得了这一张,就可换一张铜床。

香，很出名，从前埂子街有两家最著名的香铺，现在听说最好的一家是左卫街的吴正泰，有名的源茂酒店相去不远。我在吴正泰买了一盒忉利天香，香味真好。

香市，最热闹的是六月的观音生日。扬州人迷信之深而且遍，可以从庙宇之多而且大看出来。土地庙，满街可以发现，据《广陵潮》的记载，以仓巷（新城）的为特灵。崇拜大仙（狐狸精）的风气很盛，如旌忠寺即其一处（见后面我的游记）。应有尽有的迷信，支配了扬州人的脑筋，即如我所住古寿容寺巷口的一个小土地庙，合巷的人除了我们一家外，无论男女老幼都朝夕地进香。"泰山石敢当"的石碑，近几年来在他处不容易遇见，而在扬州仍是赫然显然。

人民之崇神敬佛，好吃懒做，是社会破落之因。扬州就好像一个中落的大世家，有些地方硬要打肿脸充胖子，越来越空虚。最热闹的多子街、辕门桥一带，好像有十足的生意，实则每日收入有限得很。银行钱庄却也不少，都感金融枯涩。不知道的就说，这是因为上海设了盐务稽核所把扬州的老本（盐生意）抢起走了，富商巨贾既然不集中扬州，自然市面冷淡，腰缠

十万贯的故事再也演不成了！其实这只是表面的原因，根本的症结在哪里呢？在扬州人已自暴自弃其优越的生产力，城市的萧条是由于乡村的疲敝。

我们知道世界上懒的民族，是多由于自然环境的优美与社会环境的平和，如印度民族并不是带有懒惰的根性，而实因其地理的生产力极强，无须多大的人工努力，便可支持其生活，因而自然而然懒起来，民族精神萎靡已极！扬州人生产力的优越已如前述，只可惜他不去生产。不去生产的原因虽多，而其土地之肥美，天时之纯正，湖港之纷歧，都与他们以生活的绝大便利。何况扬州的地势不当冲而又为江北的咽喉，可免战争之苦而得商贾之利。里下河一带尤为避难的名区，人家总是将就扬州，扬州决不将就他人，自然而然养成了一种怠惰的习惯。

这次日寇侵沪，报载江北人做汉奸的事例甚多，真可痛心！未必江北人就丧尽了天良吗？然而从过去的史绩看来，你试读王秀楚的《扬州十日记》，当清兵在扬州屠城十日之久，而引导敌人残杀同胞、蹂躏桑梓的就是扬州本地的土著。即此一端，可见扬州人心之坏。我希望经过了这几百年，历尽了磨劫，扬州的人心应该是向上了,然而你能保这次汉奸的江北人中没有一个不是扬州人吗?

我惟一的希望是扬州人的"兴奋"。我常说,假如湖南人沉毅一点,广东人安静一点,江浙人大方一点,中国还有不强的吗?若是扬州人能兴奋,这一个破落的大家,必可复兴!这一个衰颓的民族,方能有望!

扬州的风景(上)

一个地方有一个地方的自然环境,因之所表现的风景自然也各不同。扬州普遍的现象是多水少山——或者说,都是水,没有山。天下多水少山的地方很多,而能像扬州的风景者真少!

我先抽出几个概念说扬州风景的特质,随后再来一个一个品题。

扬州风景的特质,可以从几方面说。我们住在镇江,赞赏"三山"(金山、焦山、北固山)之美,然三山是鼎峙的形势,东一个,西一个,游玩很不便;且焦山远在江心,来回一次很要花几个钱,对于平民和不能健步的人就感受困难。扬州则不然,它的风景有两种特质,一是连贯的,一是附近的。你出广储门、天宁门或北门,一直到平山堂,这沿途风景好像一根线上穿的一串珍珠,粒粒都圆润透亮,宝光四射。平山堂离城不过五里,在这短短的五里中间,随处都是各自不同的景致,使你留连不忍卒去。珍珠一串分开来是一粒一粒的,而这一粒一粒本身上都有价值,扬州的风景是连贯的,而分开来说,一处一处的风景一样的有价值。你是公务人员,每天下午五时下了办公时间以后,尽可从从容容雇一叶扁舟,或坐车或走路,游赏你心里所爱到之处,舒舒服服地回来。

比如到平山堂,陆路,你可以出西门,过二十四桥,经司徒庙而至,你可以由北门外通路直趋而至;水路,西、北门都可以,极其方便。交通的工具,有的是船、车和驴子、线车、人力车,可以直达平山堂。你如果爱走路,随地的风景自然会来找你。实则水乡游玩当然以坐船为原则,瓜皮小艇荡漾闲愁,闲愁自然也会消失了!

以现代社会人事之纷繁,要干的事太多,游历名山大川本来很难,一来要有仙骨,二来又受空间时间及经济条件的制限。每次出游事先要如何准备,要下一个大决心,还要看时局或是治安关系,所以常有志愿而不能遂。扬州的风景至少能减轻这种不可避的困难,能随时随地随人与你一种安息。你不必下决心,偶然心血来潮,或是三朋四友,你自然会溜到那边厢去了!你不必破费多少钱,清风明月而去,青山绿水而归,比什么还有价值!你不一定是诗人,你就是一

个苦力，也可以畅快地欣赏大自然的美景。

所以扬州风景的惟一价值是平民的，就是无论什么人都可以赏玩扬州的风景，毫无拘束。你没有钱，可以步行，抽得闲暇可以到处钓鱼，所有名胜古迹都一律开放。何以能够如此呢？就是因为风景都在附郭一带，近得好，连贯得妙！

然则扬州的风景究竟是一种什么式样的模型？我先在这里说出八个字做代表：清新，幽丽，柔和，纤细。在上面曾说扬州市内的种种不良印象，你一出城，就好像换了一副脑筋，在城内的脑筋是昏昏沉沉的，到城外的脑筋是清清明明的。其所以清新的原因，不外乎这种风景具备了几种原素，即树木多可以滤恶浊的空气，水流长可以浚积累的渣滓，户口稀可以减烟火的熏迷，打扫勤可以除弥漫的尘垢。扬州的风景清新，就是因为它的树木多——尤其是杨柳多，有一个很好很长弯弯曲曲清波如镜的瘦西湖。沿湖一带只有几座有名的庙宇与疏疏落落的人家——农家和渔户，各地都收拾得很清洁，所以与市内的印象成反比例。

最可爱的是晴天，尤可爱的是雨天，我们可以用一种自然界的恩物做比喻，这恩物就是柳。从虹桥直到徐园的一道长堤上,像剪一般齐的绿杨,像梳一般的密。到了晴天,你可以从湖波中,从虹桥的圆孔外,窥见一行的垂杨的倒影,风姿如画。若在雨天,最好是小雨,那迷迷濛濛的烟絮,那雾里的惺忪,就俨然一幅美人春醉图画。雨后的宇宙像泪洗过一般的良心寂然幽静,雨后的泉石像珍珠一般的晶莹,尤其是雨霁微晴,一种清新的氛围气,使你真有飘飘而欲仙之慨!

从这里,我们又可以领略到扬州风景的幽丽情景,在夕阳斜晖中,在晚霞流丽中,在黯淡黄昏中,都可以领略幽丽的滋味。复庵兄游瘦西湖有两名句,是"最是落霞残照里,杨花风送满船归",我们试想在杨花柳絮飘舞如雪的满湖中,撑过一叶小船,回头远望彩霞的照耀与湖水的澄碧,映成一片似紫非红将青还绿的颜色,合碧琉璃朱珊瑚水晶玛瑙的精英,画出一幅绝妙的山水横条。在这时,真有黄仲则"晚霞一抹影池塘,那有者般颜色做衣裳"之赞赏!

月夜和雪夜是人间清白的双宵,瘦西湖一带多梅,梅开五色并茂,雪满山中的时候,也正是花满湖中的时候。梅花在雪里盛开,所以又香又冷,梅得"冷香"

之号,全由于雪。雪里探梅,是古人的韵事。你最好是在薄暮时候去访瘦西湖一带之梅,你用不着到瘦西湖,你只到绿杨村边,看看系在柳岸旁的小舟,个个都白而且肥肿了,那里自然有诗意,你随便探望湖边的一株树,便可以发现琼枝玉叶的奇景。有雪光的返照,不必秉烛而游,你的心自然洁白如银。假如在大冻的天气,湖中会结成薄薄的一层冰,你敲冰可以行舟;不敲冰呢,中间自然有一条清港可以行舟。沿路的香气,扑人胸怀,沁入心髓。若是一阵微风,将江梅片片吹飘落人头上,你就会变成花露水头。

月夜的幽丽,比雪夜更加玄妙,因为明月与扬州是有特殊的关系,"天下三分明月,二分在扬州",还有一分恐怕专在扬州的瘦西湖,使你发吊古之幽情,莫过于月。二十四桥边,虽没有玉人吹箫,但你试想想玉人吹箫的神气,何等可爱哟!

而且看月的情致各有不同,你从问月桥转到长春桥,这一带只能从绿阴丛中拨开一两枝来看月;你到了小金山,可以系舟两株绝古的垂柳边,幽幽地从柳枝婆娑中来看月;你去平山堂吧,月华如洗,照耀江山。

可是月夜尚不如雪夜的幽静,因为扬州习俗,越是热天,越是月夜,最作兴游船,一切弦管喧阗的声浪会打破静夜的沉寂。雪夜则无人去游,不独凉浸浸的,而且冷冰冰的,惟有真能赏鉴山水的人才不畏寒不怕苦!

扬州风景还有一个特质就是柔和。江北人的性格多强悍,而扬州人则很和平,扬州人虽在江北,早已江南化了。它自隋以来代表整个儿的江南民族性,说扬州是江北,真黑天冤枉!因人性的关系造成了景物的柔和,因景物的柔和陶铸了民族的性格。扬州人的长处与其他江南人有不同的地方,就在"柔而能和,萎而不靡"。风景可做人民生活的象征,也可做民族性格的征候。我们在扬州郊外闲步漫游,不能发现任何争斗的现象,好像都在一种幽默静穆的空气当中,什么事都满不在乎!

我们在文艺字典中可以发现"柔橹轻篙"一类名辞,这类名辞惟有在扬州可以幽幽地领略。当你躺在画舫中藤椅上,闭着眼睛凝神静听清波粼粼的流声,万籁俱寂,只有远远松涛的微响,这时是何等的柔美!你看那竹林深处隐约一座小亭,那亭上有一两

个穿藕花衫子的女郎，笑殷殷地吃樱桃，你疑心入了图画。杂花生树、群莺乱飞的中间，点缀一些参差的楼阁，碧云中有苍鹰盘旋，闪翅斜阳中作黄金色，真爱死人！你坐在小桥头，仰观闲云，俯观静水，鱼群并不避人影，白鸥竟飞上佛头；隔岸垂钓者悠然自得，他半天钓不起一鱼不着急，你看他半天钓不起鱼也不着急，鱼自然更不着急，是何等的忘机！偶然午梦萧寺中，梦里听隐隐的钟声，起视则茅舍炊烟已袅袅而上，黄犬起来伸个懒腰，雄鸡拍拍彩翅振振精神，晚饭的时候到了，鸡犬亦神仙。

我从前住在西湖也感觉柔美的滋味，但不能估定若何价值出来。我住在湖心亭有一诗："为爱清幽住此亭，又妨零落好心襟。西湖扩大三千倍，不及吾家一洞庭。"游扬州瘦西湖感受柔美的程度比游西湖还胜，但是豪情壮志，就容易在这些地方销磨！龚定盦诗："设想英雄垂暮日，温柔不住住何乡。"但是要英雄而且要垂暮才配住温柔乡，现在的摩登青年动不动就是醇酒妇人，真糟蹋了风景柔和的本质。这种风景，是告诉你大自然的如何仁爱，如何优美，是要你清涤灵魂，不是要你追逐物欲。

扬州的风景（上）

有人觉得很奇怪，怎么杭州有一个西湖，而扬州有一个瘦西湖呢？你要游过瘦西湖，才知道"瘦"字之妙！不是我们瘦子说瘦子的好处，以美人而论，肥环真不如瘦燕；以食物而论，馒头倒也不及花卷。西湖是不瘦不胖，太湖我叫它做"胖西湖"，扬州瘦西湖真是又媚又俏！假如天下湖光是一副美人的娇面，太湖就好像胭脂般的两颊——东西洞庭绝似一对酒涡，西湖就好像一对剪水的秋波，瘦西湖就好像夹在翠眉间的一线眉心俏！

所以这里的景致是纤细的，不是伟大的。"不见塔而有塔意，无山而有山情"的小金山，"不知今夜秦淮水，流到扬州第几桥"的小秦淮，都充分地表示扬州风景之纤细。试出天宁门一望，那些水榭花房卖茶之处，都是一派短短的栏干，红红蓝蓝的油漆，倒影在苍翠的清波之中。纤细的意义不是小家，是聪秀，是精致。古人有一句诗："水晶帘下看梳头。"可以代表扬州的风景。

惟其是"水晶帘下看梳头"，所以不是"卷帘梳洗望黄河"的气概。一个瘦字，可以把全风景的形态刻画净尽！然所以能形成瘦西湖之瘦，固然是湖面不宽，

弯弯曲曲,袅袅婷婷,娇滴滴羞答答的美人风味,然而一种风景之形成是有一种陪衬的,瘦西湖成立的最大原因,是由于一带长堤临风摇曳的青青杨柳!

我们已把扬州风景的几种特质——清新,幽丽,柔和,纤细——略写了一点,实在是,大自然的景物——光与色,位置与安排,不独不是由人工可以造成,而且绝非能由言语文字图画雕刻音乐所能表现。说一句总话,天下的风景只有自然的好,人为的总不妙。自然的风景有不足处,偶然加点人为之美,固未尝不可,但若以人工戕自然,则结果一定糟糕。扬州的风景在从前大有人工操纵的嫌疑,现在的荒凉景象,有人发吊古之幽情,我则觉其归真于本朴,反而与大自然接近些,亲热些。

请大家不要忽略了扬州风景的价值,它除掉显示大自然的恩惠外,还有几种真正的价值是不可磨灭的,第一是历史的价值,第二是文化的价值,第三是社会的价值。

我们知道扬州的风景固然是自然的恩物,然而点缀安排在距今很远的一个时期,很费了绝大的努力。不仅如此,在最近三百年内又一度销磨了可惊的人工。

现在虽有些地方是荒凉不堪，然而从许多遗痕上追溯上去，还可以看出不少的名迹。

过五亭桥直到平山堂的大路，现在是很荒凉的，不过一些田圃茅舍而已，哪里知道这就是从前"十里珠帘"的大道呢，当"春风举国裁宫锦，半作障泥半作帆"的隋炀帝极盛时代，扬州成了一个无上的骄儿，不讲扬州城内古迹如何之多，只讲这城外的风景如何之美。从城门直到平山堂，虽没有十里也有五里，这样相当长的一个距离是落雨可以不打伞，天晴可以不晒太阳，大道两旁的画槛珠帘一带的逶迤衔接，各种奇花异草夹道丛生，芬芳扑人，各处有恭迎圣驾的巍峨华丽的建筑。现在呢？成为一片荒凉的田野了！

考炀帝于大业年间两幸江都，后宫十六院都随行。这里面的艳骨芳魂、幽怨遗体飘零埋没在落红铺絮中者不知多少！扬州城外的玉钩斜，便是炀帝埋宫人的处所，至今还存。当时的宫殿弥漫扬州，如北宫、临江宫、显福宫等，都是著名的建筑。隋《大业杂记》载："大业七年春二月，炀帝幸临江宫，百僚集凝晖殿，酺戏数日，时羽葆初成，霜戈花氅，羽饰龙旂，横街塞陌二十馀里，辉翳云日。"可想见其盛况。至扬

州所以被炀帝赏识,除了风景佳丽以外,别有一个原因,这个原因就是迷信。

我们试读《开河记》:"睢阳有王气出,占天耿纯臣奏:'后五百年,当有天子兴。'炀帝已昏淫,不以为信。时游木兰庭,命袁宝儿歌《柳枝词》,因观殿壁上有《广陵图》,帝瞪目视之移时,不能举步。时萧后在侧,谓帝曰:'知他是甚图画,何消皇帝如此挂怀?'帝曰:'朕不爱此画,只为思旧游之处。'于是帝以左手凭后肩,右手指图上山水及人烟村落寺宇,历历皆如目前,谓后曰:'朕昔征陈主时游此,岂期久有临轩,万机在躬,便不得豁于怀抱也!'言讫,圣容惨然。后曰:'帝意在广陵,何如一幸?'帝闻,心中豁然。翌日,与大臣言,欲至广陵,旦夕游赏。议欲泛巨舟,自洛入河,自河达海,入淮至广陵。群臣皆言,似此程途,不啻万里,又孟津水紧,沧海波深,若泛巨舟,事恐不测。时有谏议大夫萧怀静奏曰:'臣闻秦始皇时,金陵有王气,始皇使人凿断砥柱,王气遂绝。今睢阳有王气,又陛下喜在东南,欲泛孟津,又虑危险。况大梁西北有故河道,乃是秦始皇时王离畎水灌大梁之处,欲乞陛下广集兵夫,于大梁起首开掘,西自河阴，引孟津水入，东至淮，放孟津水出，此间地不过千里。况于睢阳境内过，一则路达广陵，二则凿开王气。'帝闻奏大喜。诏发天下丁夫，男年十五以上五十以下者皆至，如有隐匿者斩三族。丁夫计三百六十万人，又令少年骁卒五万人各执杖为吏，共五百四十三万馀人，于隋大业五年八月上旬建功，畚锸既集，东西横布数千里。……帝自洛阳迁驾大渠，诏江淮诸州造大船五百只。龙舟既成，泛江沿淮而下，至大梁，又别加修饰，砌以七宝金玉之类，取吴越民间女年十五六岁者五百人，谓之殿脚女，至于龙舟御楫，即每船用彩缆十条，每条用殿脚女十人，嫩羊十口，令殿脚女与羊相间而行。牵之时，恐盛暑，翰林学士虞世基献计，请用垂柳栽于汴渠两堤上，一则树根四散，鞠护河堤，二则牵舟之人获其阴，三则牵舟之羊食其叶。上大喜，诏民间：有柳一株，赏一缣。百姓竞献之。又令亲种，帝自种一株，群臣次第种，方及百姓。栽毕，帝御笔写赐垂柳姓杨，曰杨柳也。时舳舻相继，连接千里，自大梁至淮口，联绵不绝，锦帆过处，香闻百里。"从这一段记事看来，第一可知隋时开运河的盛况与民间的疾苦，第二可知广陵

（即扬州）风景之美与当时交通之困难，第三可知炀帝游乐之甚而其最终目的则在扬州，第四可知当时种柳的风气直接影响到后来的"绿杨城郭"。现在我们在扬州西南门外眺望运河及其两岸的风景，回想当时伟大的工程，虽说炀帝荒淫无道，弄得天怒人怨，然其便利交通，注重水利，培植风景，使后世沐其馀荫，这一点功劳是不可掩没的！

我们不要远溯隋炀帝吧，扬州第二次全盛时期乃在前清乾隆四十年至五十年。康熙也曾到过扬州，不过不如乾隆时代的热闹。要知道扬州在乾隆时代如何热闹，请看李斗的《扬州画舫录》便知。考之史乘，征之传说，使我们惊叹当日的繁华。自城外以至蜀冈，亭台楼阁连络不断，丝歌弦管鼓乐沸天。袁枚的序上说："记四十年前，余游平山，从天宁门外拖舟而行，长河如绳，阔不过二丈许，旁少亭台，不过匽潴细流，草树崊歙而已。自辛未岁天子南巡，官吏因商民子来之意，赋工属役，增荣饰观，侈而张之，水则洋洋然回渊九折矣，山则峨峨然隆竘横斜矣，树则焚槎发等，桃梅铺纷矣，苑落则麟罗布列，闇然阴闭而雪然阳开矣。猗欤休哉！其壮观异彩，顾陆所不能画，班扬所不能赋也。"从这位老诗人的激赏中可以看出扬州风景的著名,不纯然是自然的关系,实在带了一些人工的意味。谢溶生说,扬州是"增假山而作陇,家家住青翠城闉;开止水以为渠,处处是烟波楼阁"。这几句,描写天然与人工的融合而形成天下至美之景,是何等的精刻!我们现在艳称的瘦西湖,就是在乾隆游江南时翻浚过来的,所以腰支虽瘦还有相当的面积。在那时候,一般官吏因为要捧皇帝,而一般商民因为要巴结官府,中国又还太平,乐得玩一些花样,于是把扬州的风景尽量点缀起来。如乾隆二十二年,高御史开莲花埝新河抵平山堂,两岸皆建名园,北岸构白塔晴云、石壁流淙、锦泉花屿三段,南岸构春台祝寿、篠园花瑞、蜀冈朝旭、春流画舫、尺五楼五段,其馀各处的结构真笔不胜书,出城一望,但见楼阁参差,花柳明暗,龙船箫鼓,鬓影钗光。

这样的好景只可惜以皇帝一人为中心,皇帝去后便渐渐荒芜起来。比如"白塔晴云",相传那座绝大萝卜式的宝塔是一晚造成的,因乾隆游玩的时候,偶然感觉湖边没有一个宝塔不大称意,第二天来游,这宝塔就盖好了,官商花了一笔大钱,鸠工特别加快而成,

以媚皇帝。现在塔虽存在而一种孤荒的情景,就好像屹立在沙漠中。

这一类的遗迹随处可以令人悲怀的,就是沿湖边的假石欹倒,当日都是自远方运来,陈列堂皇,而今零星散漫,凄对斜晖,与流水呜咽而已。

有一位老头儿,他在道光十四年曾经这样说,扬州"方翠华(指乾隆)南幸,楼台画舫,十里不断。五十一年,余入京。六十年,赴浙学政任,扬州尚殷阗如故。嘉庆八年过扬,与旧友为平山之会,此后渐衰,楼台倾毁,花木凋零。近十馀年,闻荒芜更甚。且扬州以盐为业,而造园旧商家,多歇业贫散,书馆寒士亦多清苦,吏仆佣贩皆不能糊其口,兼以江淮水患,下河饥民由楚黔至滇城,结队乞食诉乡谊。李艾塘斗撰《画舫录》在乾隆六十年,备载当年景物之盛,按图而索,园馆之成黄土者七八矣,披卷而读,旧人廑有存者矣。五十年尘梦,十八卷故书,今昔之感,后之人所不尽知也"。可见扬州衰败的原因,不外乎生计问题的压迫。这位老先生过了五年再回扬州游,又说:"自《画舫录》成又四十馀年,书中楼台园馆廑有存者,大约有僧守者如小金山、桃花庵、法海寺、平山堂尚在，凡商家园丁管者多废。……余告归田里，楼台虽废，林泉尚多。十九年夏，每乘小舟出虹桥一望，绿树满野，绿草满堤，新荷有花，蝉声不断，直至平山。"这位老先生最伤感的便是商家的园林多半是拆散了，他登硕果仅存的尺五楼一望，叹曰："此地苟不拆，尚可支持数十年！"现在当然没有什么尺五楼了。

考察这些历史的遗迹，不独对于扬州景物的变迁、历代政治的兴衰，有一种深刻的印象，即对社会生活的形成、人群进化的径路、民族心理的背景，都可以得着不少的憧憬。我们再进而看看扬州风景与文化的关系。

扬州文化在历史上很著名的，一因山清水秀可以产出许多文人及磊落之士；二因各处骚人墨客常来扬州游玩，风气所荟，遂成文物之邦；三因历来名宦提倡风雅，上行下效，习以为常。有此三因，所以扬州的文化并不因其民性日近于堕落而随之衰败。由此更可证实风景与文化的关系是何等的深切。不过扬州的风景，因为在历史上有特殊的变迁，所以扬州的文化至少也带了一种特殊的性质，这种性质，就是"感

伤"。一个诗人徘徊湖滨,望长堤垂柳,哪能不想到隋宫当时呢?哪能不忆及它的垂髫时代呢?从前繁盛之区,现在都变成蝠翎鸽粪的处所,荒冢累累,怎不令人凭吊呢?

我们读王世贞的《张孟奇广陵怀古诗序》:"天下所艳称古迹名胜,关之西长安,稍东洛阳,江之南金陵、姑苏、钱塘,北则广陵。广陵固东南大都会也。当大业时,淫主轻弃星拱之辰而寄迹此邦,竭海内之事力以张饰之,至唐而建节为巨镇,又以转运度支之饶益之,于是广陵之富甲于诸藩镇。词人骚客,又多为歌咏以益之,而古迹名胜,灿然备矣。一敝于五季之季,再敝于南渡,三敝于宋季,四敝于元季,遂荡为烽火戈铤之场。朝暮异主,遗黎孑然,始以十万家称,既而仅十七家耳。"其实王世贞哪里晓得,岂止三敝四敝而已哉。那十日的屠城,把扬州的根芽从根本上铲除净尽!扬州人如果不忘记这种奇耻大辱,应该复兴民族主义的文化!扬州人所需要的是"兴奋",不是"感伤"。

讲到扬州风景与文化的关系,不能不推重欧阳修。宋庆历八年二月,庐陵欧阳修守扬州时,为堂于大明寺之坤隅，江南诸山，拱揖槛前，若可攀跻，故名曰"平山堂"。欧阳修力赞平山堂风景之美，他与韩琦书："广陵尝得明公镇抚，民俗去思未远，幸遵遗矩，莫敢有逾，独平山堂占胜蜀冈，江南诸山，一目千里。"他在扬州做官，大概总是公馀之暇，每当晨天清早，就带起客人往游，遣人到邵伯取荷花千馀朵，以画盆分插百多盆，与客相间；还想出一种新酒令，就是要妓女取一朵花传客，客以次摘其叶，叶摘完了的人就喝酒，往往月落了才归。所以吕通判的诗曰："千顷芙蕖盖水平，扬州太守旧多情。画盆围处花光合，红袖传来酒令行。"当时名士如苏轼、梅尧臣、刘敞、王安石、王令、秦观等，都有倡和。自从欧阳修一班前贤开风气后，后来历朝都有吟咏，到了清代，袁枚、王士禛诸名士，没有一个不到扬州——尤其是平山堂来游，扬州差不多变成一个诗人的安乐窝了。

当然，扬州的文化决不始于宋，文化与风景发生关系也不始于欧阳修。我们可以断定，至少到了唐，扬州的风景已卓然成名，如李白、刘长卿、高适、刘禹锡、白居易等都有登扬州栖灵寺塔及其他各诗，差不多唐代有名的诗人对于扬州都有歌咏，尤其是杜牧，

妇孺皆能成诵的他的两首名诗："青山隐隐水迢迢，秋尽江南草木凋。二十四桥明月夜，玉人何处教吹箫"与"落魄江湖载酒行，楚腰纤细掌中轻。十年一觉扬州梦，赢得青楼薄幸名"。使后人把扬州看做一个神仙福地。考唐人咏扬州风物的诗词多不胜书，我最喜欢姚合的一首与韩翃的一首，姚诗是"广陵寒食天，无雾复无烟。暖日凝花柳，春风散管弦。园林多是宅，车马少于船。莫唤游人住，游人困不眠"。韩诗是"江北烟光里，淮南胜事多。市廛持烛入，邻里漾船过。有地惟栽竹，无家不养鹅。春风荡城郭，满耳是笙歌"。我们从史申义的《里中怀古》诗里又可以看出董仲舒、陈孔璋、谢安石、昭明太子、鲍明远、何仲言等，或是扬州人，或是与扬州有关系，直接间接影响到扬州的文化。扬州风景的荒芜，不仅在现在，我们读唐吴融的诗："近来一事还惆怅，故里春荒烟草平。"已不胜其感慨。明人如王廷相的《广陵行》有云："客行缭绕隋皇堤，堤上春风杨柳齐。伤心欲吊前朝事，杨叶杨花路转迷。"张元凯的"前朝杨柳几株存，寒鸦飞尽芜城路"。邹祗谟的"但闻柳树摧作薪，不闻柳枝种作树"。从这些诗料里，充分可以看出扬州风景的衰落,也可以看出扬州与柳树的特殊情感。

我们试把眼光转射到风景的另一方面——园林。张云章的《扬州东园记》说:"扬州城北,园林迤逦且数十家。"都不满意,只有乔家的东园如何之好,"不可以悉志其佳处"。储欣的《存园记》说:"广陵距江山仅数十里,贵富家饰台榭为观,游鳞次栉",而推重东郊二里桥的存园。汪漋的《容园记》说:"江都地狭而民稠,巨博大家,排薨雁齿,然自谒舍寝堂已外,不易有隙地以为园林,而好事者往往于近郊负郭,小筑池台,仅足以供人之假借宴游。"姚鼐的《主园图记》说:"扬州群邑,于天下最名繁会,居其间者,率喜作园馆,以靓丽相夸尚,连趾接荫,隐映合分,跨川弥崖,或十馀里不绝。"大概扬州在康熙、乾隆两朝为最盛时期,园林风起云涌,然据以上诸人说来,好像都不满意于这种园林的建筑,因为它是"徒慕浮华","竞相夸尚","非真有岩壑之性"。据我看来,扬州园林的好处就在这里,因为它能供游人游览假借,所以是公开的;因为出奇制巧,所以建筑是进步的;因为设立普遍,所以使扬州成了一个花园。这在现代都市建设上都很难得,而当时的扬州人能有这样的心

胸计画，所以由此产出来的文化一定是磊落清明的！

至于名贤大儒的经世著作，义夫壮士的风范行为，自有历史以来，扬州人早已博得不少的记录。这在文化上的力量，不用说是很伟大，因为与风景没有直接关系，故不多说。

我们再要讲到扬州风景的社会价值了。上面已经说明扬州风景及建筑有几种长处，一是附近的，一是连贯的，一是公开的，这几个条件最有益于平民。路远了，名胜散漫，不公开，没有钱就不行。要不花钱而能赏到的风景才是好风景，要花钱才能赏到的风景只是臭风景。扬州风景的本质比如清风明月、青山绿水，取之不尽，用之不竭，任你去赏玩留连。

但是我所说的社会价值，还不止在这一点。一个风景区域好比一箩筐饭碗，它能养活许多没有饭吃的人。有人形容西湖的好处，说一个西湖的收入可以抵得上浙江全省的田赋，那末一个瘦西湖的收入，至少可以抵得上江都全县的田赋无疑。瘦西湖一带是扬州的风景区，在这区里的生产物如稻、麦、杂粮、竹、木、笋、蔬、芦、柴、菱、芡、菱、藕等，动物有鱼、虾、蚌、螺、鸡、鸭、鹅、豕等，这一带的生产物都很丰富。因为有瘦西湖，所以只怕涨水不怕天干，而土质又复肥沃异常。居民只有两种人，一是农家，一是渔户，实际上耕渔合一。往往看见竹林深处，杨柳桥边，两三茅屋，点缀其间，前面捕鱼，后面耕田，男的做工，女的烧饭，真是一幅天然图画。这幅图画里充分表现社会的生产力是如何的结实。我们这些游山玩水、好吃懒做的人，睡在画舫中有女人撑篙还嫌不舒服，望见土墙上的牛屎巴就讨厌，哪里知道真正生产的英雄，不是你们这班穿长褂子的，而是赤脚黄泥的大王！

而且，天下最可怀疑的事莫过于僧，世界上竟有一种专门念经不事生产亦不劳动而安闲享乐，且占尽天下名山大川的怪人！我以为僧侣制度至少要加以改革或修正。如果认为佛教是应该崇拜的，就应该归那信佛的人或团体专门请僧念经，不要沾染到任何其他公共事业方面；如果不然，和尚应该一律还俗，加入劳动的人群，以自求其食。这一点，适用到扬州的僧尼上还未免有点残忍，因为扬州的僧尼已经破落不堪，除却观音山一二处在一定的季节可以捞几文香火钱外，其馀穷得像叫化子，而且僧尼们不尽是募化，有些还

自作田圃，非纯粹不劳动。你若看了法海寺见游人进门就敲木鱼讨钱的和尚，真使你伤心！

然而我们站在另一观点上，又不能不感谢扬州住持的僧和扬州的游人，几处有名的胜迹，如小金山、平山堂、观音山之类，如果没有和尚看守收拾，早已像一般私人的建筑，拆的拆，倒的倒了，后人还能来游赏吗？又假使没有游人来扬州，和尚没有一点收入，名胜古迹又还能够保存吗？一般平民生计不会受影响吗？

让我们来估计平民生计所靠的一种——画舫，游船。

扬州画舫，始于鼓棚，鼓棚本泰州驳盐船，到朽腐不能装载时，就牵入内河，架以枋楣椽柱，装成游船，名目繁多，如小三张、丝瓜架、飞仙（一名沙飞）、江船、摇船、牛舌头、划子、双飞燕、太平船、玻璃船、官船等，各有各的码头。现在的船式差不多已成一律，即有顶篷有栏干，小者就是普通的划子，不过都陈列几把藤睡椅而已。码头则麇集于天宁门、北门两处。在从前盛时，神气十足，画舫有市有会，生意极好。又有一种女眷们专用的叫堂客船，"妇女上船，四面垂帘,屏后只设小室如巷,香枣厕筹,位置洁净,船顶皆方,可载女舆,家人挨排于船首,以多为胜。"唐翰林《端午诗》云:"无端铙吹出空舟,赚得珠帘尽上钩。小玉低言娇女避,郎君倚扇在船头。"现在风气开通,船上只有遮西晒的竹帘,摩登女郎以不卷珠帘为恨。又有一种像朱竹垞所说的"行到虹桥转深曲,绿杨如荠酒船来"的酒船,这种酒船,带起厨子食物跑,"画舫在前,酒船在后,橹篙相应,放乎中流,传餐有声,炊烟渐上,幂历柳下,飘摇花间,左之右之,且前且却,谓之行庖"。这种文绉绉的臭架子,可见前代有闲阶级之享乐。还有一种龙船,到旧历端午节前后,气焰熏天,"执戈竞渡,谓之抢标,舟中人飞身泅水抢之,此技北门王哑吧为最"。酒船和龙船,现在是没有了,然而扬州端午节的热闹与游湖的兴致并不减于从前,我且举《北平晨报》通讯的一段以证:

"[扬州特约通讯]春天已渐渐去的远了,此刻是俗历五月端午节的天气,久慕扬州文物,逗胜一时,乘在扬之便,又逢佳节,爰作瘦西湖巡礼记,以觇扬地风俗之一斑。扬州通常惯例,分一年为三节,端午是三节之一,商界往来,多在节前一二日结清,否则

待到端午正日午时后,便不好讨索了。扬州俗称'躲端午',端午节商家多半歇业,相率到瘦西湖划船取乐。'绿杨村'在天宁门外,是游人往瘦西湖、平山堂底首途。那里有几家茶舍,面临城河,四周围有浓阴的绿杨覆盖着。当游人一走进'绿杨村',一块平芜的田园里,有很多男的女的划夫,向顾客招徕生意。在平时只要四毛小洋可以乘一只大的划船,今天端午,价钱就要贵上一倍了,原因是供给少过需要,划夫们自然利市三倍的。船的式样,同杭州西湖、首都玄武湖的划船相仿佛,船夫有男子,也有女子——多半是些中年的妇人。据说,她们多是风尘中过来的人,她们在时代上落了伍,只有退休,作这送往迎来的划船生意。姑娘做划船生意的也有,扬州人都叫她们'小大子',上下身穿一套白布衫袴,头上梳一个S髻,插上一朵红色的香花,每在夕阳时节,她们载着满船的游人,从很远的平山堂、小金山的一带浅水绿漪中,轻摇着桨,唱着动人的情歌,缓缓地归来,不问船中的或是岸上的游人,谁不喝一声彩!船过绿杨村,跟着西园、虹桥、长堤春柳,也一一从眼底掠过,湖中的船,更似穿梭般地在追踪前进。别家船中的留机声、琵琶声、笑语轻盈的声浪,更时时地传散到四围的空气里。不久船便先抵湖畔的徐园,园虽不大,景致却很小巧整洁,尤其是羊公片石一带,的确有点奇伟气概。徐园隔河对峙的是湖心寺,寺后就是扬州有名的'小金山',其上有风亭、月观,是扬州名胜之一。月观的周围,有竹,有松,有古槐,有瘦榆,有梧桐,有不知名的花草。风亭可惜已有点倾圮,使人不敢爬上去,看看对面镇江底远处,烟雾迷濛中的山色。一时二十分下小金山,船夫重行引渡我们到徐园间壁的'法海寺',这里船必擦过凫庄、五亭桥,才顶达山门。法海寺据说是元代的建筑物,里面有座古塔,历一千多年还矍铄底竖着。凫庄,是一位私人的建筑,位置在瘦西湖的水中央,北面临水的一面,假山上刻石像观音一尊,栩栩如生。船经过那里,我们几位同船朋友,同声念一句'阿弥陀佛'。'平山堂'距法海寺三里,船娘在这悠远的水程,一路上她指点我们过去不少的陈迹,她说:'从天宁门一直到平山堂,是隋炀帝来扬州看琼花的御码头,十里长廊,廿四桥头,都在这条路上建设的。'然而现在给我们瞧见的,只有平山堂,山前后有很多古老参天的松柏,平山堂被包围在

垓心，里面有不少名人字画，如欧阳修、苏东坡、郑板桥等。园内东座石井，在一块石碑上刻着'天下第五泉'，其侧有座假山，人可以在山罅休息，穿过假山，有座荒亭，其中有灵隐底一首平山堂写景诗，刻在石碑上。夕阳渐渐底西沉，男的女的游人，一齐回到船上，我们的船娘，也在山上为我们买点当年曾经供奉乾隆的玉糕和第五泉水的茶，当然我们还得听听扬州小大子的碧水情歌。"

在上面通讯里可注意的一件事，就是所谓"小大子"。小大子，就是扬州的船娘。船娘与扬州的风景有密切的关系，画舫的生计问题，要靠两件东西来解决，一件是风景，一件是船娘。画舫的价格不一定，随时、随地、随人。在各节气如端午、中秋及观音生日等便特别的贵，春夏较贵而秋冬较廉，白天较廉而夜间较贵，游地的远近与出发点的异同分价格的高低，本地人与外籍人显有不同的待遇。大概大船普通每日船价最多不过一元，小船几角就够了。总计游船在三百只以上，每只平均以最低的收入五角计算，平均一天可获船资一百五十元，一月就有四千五百元的大宗收入。加上些零星的酒钱、茶钱及赏号，扬州画舫每月全收入可达五千元。至于特殊收入，如小大子经游客看得合式要她唱几个曲子开开心，随便一赏就是几元，倒也平常。所以扬州的船娘很悠游自在，凭着一个 S 髻上的香花，就可以勾引游客的金钱。

画舫向来是重女性中心主义，各处皆然，扬州尤甚。扬州画舫以女性为活动中心，而一切环湖平民生计又以画舫为活动中心。如茶社，从天宁门到北门外一带，连檐接栉，飞碧流丹，尤以绿杨村这一个茶社最有名。每当夕阳天气，万绿丛中，高悬凌霄的雪白酒旗，因风飘扬，颇有诗意。但是这种茶社比较城内者，东西又不好茶资又贵，为游湖便利也顾不得省这些小钱了。绿杨村中一座茅亭前有幽幽竹林，清寂无比，坐在那里喝茶，目送游艇波光，风味甚觉别致。沿湖一带多钓鱼的人，你可以从树林外窥见一根根钓竿。

平民生计之另一种的小贩，提着篮子，追着游人，通常喜欢蹲在船头。篮内满装糖果纸烟之类，也有卖水果甘蔗的。徐园是游湖的中心点，所以小贩——包含提篮和摆摊两种——特别的多，普通的售品不外花生糖、瓜子、蛋糕等类，有的卖煮蛋。他们的生意都

很好,越是画舫停泊得多,他们的手足越忙。我约略计算了一下,至少要养活五十馀人。

还有一种卖碑帖拓本及书籍的,在史公祠、徐园、平山堂等处都有出售,售价也不甚昂。史公祠的和尚最懒,好像也最穷,那里的碑帖甚多,最珍贵的史可法复多尔衮书的亲笔改稿,就在这里。馀外有一幅全祖望《梅花岭记》钞本,很名贵,有一次同伴戏出五块钱收买,那和尚居然有应允意。这种只认得钱不晓得什么古董不古董的俗和尚,忠正公在天之灵真会气死!

最后要说到以天地为穹庐的叫化子了。到了一个游湖最盛时期,到了一个香火渐旺时期,乞丐也越多。在各种复杂的形相的乞丐中,只有一个所谓诗丐的还不讨人嫌,他老了,听说从前是村塾教师,一位冬烘先生,这位冬烘先生零落了,在瘦西湖的西园曲水、虹桥一带念诗讨钱。关于扬州的诗如"青山隐隐水迢迢",关于名人的诗如"云想衣裳花想容",关于《千家诗》如"云淡风轻近午天",他都能唱,有时来一曲小调子,就肉麻了!大家看见他老而穷,像一个读书种子,都愿意给他的钱,所以他在叫化子当中是一位"无冕帝王"。

扬州的风景（下）

让我们个别的来介绍扬州的风景吧。

史阁部祠

这是明史忠正公史可法的祠堂，史公的衣冠冢就在祠的正面，背后就是梅花岭。我在一个新春作第一次的游，有记：

"游何园第二天，我们几人出天宁门。这天又下大雪，西云打伞，我和霁光戴帽，尽覆着一层层银花。正在张望，见破屋一栋，气象堂皇，里面花木好像很多。入门一问，此地便是史阁部祠，祠后就是梅花岭。

"木床上酣卧一和尚，我们叫他起来，睡眼朦胧地在周旋，瓜子、花生十六世纪物，萝卜干还脆。

"在史阁部衣冠冢前致敬，由一妇人向导游梅花岭，万花如海，一将撑天。到了此等地带，只是一番怀感，我站在岭上高歌。

"《梅花岭歌》：'梅花岭下埋忠骨，梅花岭上惟痛哭。壮士头颅烈士心，梅花片片飞香雾。国亡家破哪

有身,男儿立志扫胡尘。飞来香雾都成雪,寻入梅花不见人。斯人已足垂千古,梅花纷纷落如雨。独登岭上吊梅花,今日谁人史阁部。绿杨城郭是扬州,淘尽兴亡古渡头。惟有梅花照明月,天南哀角几时休。'

"回到所寓瀛洲旅馆,向儿童们讲史可法的故事,讲完后,在颤动的电灯光下写了一篇小文。

"《谒史阁部祠记》:'史可法岂独有明一代完人,吾族光荣精神之不绝如缕,实赖此一人之维系而传递。乾坤之精英,天地浩然之气,使无此一人,则不待夷侵而自虏矣!嗟乎,余谒史阁部祠而重有感焉。墓后梅花岭,阁部生前有"死当葬我梅花岭"之嘱,余于瑞雪纷飞中踏岭穿梅,花香似海,念此幽芳,惟千古一人,可以领略。其旁列崇祯年巨炮一尊,古斑灿然,欲仗忠正公英灵,移之吴淞口,尽覆倭寇。岭左有樱花数百株,若寒梅侍者。僧指祠后空楼而叹曰:数经兵燹,非复旧观矣!又出示全祖望《梅花岭记》一轴,述阁部殉难始末,寥寥数百字,写尽平生,文字并足珍贵。联之佳者,取其二,一曰:数点梅花亡国泪,二分明月故臣心。一曰:生有自来文信国,死而后已武乡侯。余与霁光、西云徘徊瞻仰,复念今日时事,弥增悲痛。祠前花草为雪所覆，若带重哀。惟古木翠柏，挺峙院中，即一藤一葛，亦饶正直之气，信矣精忠烈绩之照耀尘寰也！余赋诗一首，折梅十馀枝，购墨拓阁部一联而归。过天宁寺，以驻兵不得入。归而勖诸儿：下杀贼之决心，而法史可法！'"

虹 桥

过绿杨村、西园曲水，就到了虹桥，过虹桥就是瘦西湖的领域了。你可以从虹桥桥孔里远望瘦西湖一带的垂杨和滟滟的波光，像蜻蜓一般的画艇。

虹桥出名是在王渔洋一班诗人的歌咏，后来有些慕渔洋山人清风的仿王逸少先生的故事，在虹桥大修其禊，于是虹桥便成了一个诗史上的名辞。

从前桥的两岸大概很热闹，在本文上面说的那些神乎其神的火食担子船，就常常徘徊在这座桥边。现在只有一座孤桥了，水仍是清清的，有些时候在水里映着一些军队赶马、乡下人骑驴的影子。

徐　园

入瘦西湖，左岸便是一道杨柳长堤，你如果不坐船在堤上闲步，是人生至乐之事，你的影子会被鱼儿欢迎。

行不多远就到徐园，包它后面去是陆行到平山堂的大道，依湖边行走入它正门。

徐园是江北大盐枭、陆军上将、被袁世凯派人害死的徐宝三的祠堂。他的浑名叫"徐老虎"，是无人不知的。在这个园里，所有的对联匾额都与徐老虎有关系，以一个名园而献奉这种杀气腾腾的武人，未免不大相称，因之关于徐园的文字无一足采。

可是园林的设计真不错，除开留园——江南第一名园以外，徐园的花木楼台，假山奇石，大可以流连，一切陈设也很整洁。徐老虎祠堂前有两口绝大的铁锅，传说是明末遗物。徐园的牡丹芍药是有名的，慕王渔洋而起的冶春后社的诗社的招牌，挂在一间幽房画槛里，这里最清俏，一株好红牡丹。

向湖的一面有竹林一片，中间一座亭子，幽静宜人，挂的对联是"日暮倚修竹，隔浦望人家"。那一天，我们去游，遇见一个绝色女郎在竹林里吃樱桃，因为是诗情画景，记以一词："美目春波盼，长眉翠黛描。藕花衫子最魂销。转入竹林深处，香口试樱桃。照影清溪镜，依人画舫桡。含颦深怕损纤腰。一阵兰香一片彩云飘。才是小金山畔，又过五亭桥。"

后来我们回镇江，在镇扬长途汽车上遇着两位大家闺秀，也是穿着藕花衫子。我曾有一词："淡淡藕花衫，似媚还憨。人间消受此双鬟。四面青山螺子黛，都上眉弯。 深怕污娇颜，玉立珊珊。锦香菱镜几回看。一路春风三十里，同到江南。"

小金山

"不见塔而有塔意，无山而有山情。"——见后面《平山堂游记》——的小金山屡次被我们忽略过了，以为一目了然，没有什么，哪里知道它的胜境，可以说是瘦西湖一带之冠。

一巴掌大的地方，有崇楼画阁，有孤屿危亭，有曲沼回廊，有茂林修竹，有幽径古洞，有静院平堂，假使一个人胸无丘壑，最好在小金山住上一年半载。

最令人留意的就是湖边的两棵垂柳，深深地弯入

湖心,古意盎然。若将自己的影儿挂在柳梢头,飘飘然,飘飘然,是何等的幽美!

我曾带着翔儿坐在这弯柳上摄影,题了一诗:"春柳丝丝一万条,令人回忆是垂髫。含情笑问波中镜,未必朱颜已渐凋。"

许多游船大都停在小金山和徐园,有些船是专为过渡用的,只须铜元二枚。没事时,闲步这一带,真是惬意。我曾描写小金山的情景,做了一首小词:"红桥照影迎香袖,翠柳垂丝拂玉鬟。一弯春水小金山。画舫停桡吹短笛,锦衣结伴试雕鞍。从来游兴不阑珊。"

这里也有一个庙,至多只有一两个俗和尚,带人游览讨几个香火钱。又有一个看相算命的,生意尚好,没着事儿,他便一人幽幽地背着手在湖边踱来踱去招揽生意。

小金山是宋宝祐中有名的贾似道重建云山阁的地方,年代湮没,胜迹荡然,原不足怪。"梅岭春深"也在此地,但现在不容易看见一树梅花,倒是对门徐园反而梅花盛开。

三贤祠就在小金山侧面对岸,荒颓了,现在将牌位移供小金山的一间破屋里,三贤是韩琦、欧阳修、苏轼。

听说小金山的烧猪头肉最有名,可是我不是一个肉食者。如此清雅仙境,只合柳上湖边,一竿垂钓。

法海寺

挨徐园的一边前去不多远便是法海寺,远望一座萝卜塔,像《广陵潮》上田福恩的瘌痢头。这一座巍峨的巨塔,传说是乾隆游江南,盐商一晚工夫造成的,在佛教的建筑间往往充实封建社会的色彩,本来不算希奇。

进庙门第一个印象,就是一个穷和尚见客人来了,大敲其木鱼讨钱,第二个印象也是和尚讨钱,第三个就是乞丐讨钱了。几间破得不堪的房子,大概就是和尚与乞丐的栖流所。

这就是前代有名的莲性寺,现在荒凉如此!

凫　庄

像一只鸭儿浮在水面的凫庄,实兼有西湖刘庄与湖心亭之胜,现在水阁的屋顶不知所终,回廊岌岌可

危。垂杨——两株最好的垂杨——间小楼石观音像,黯自凄清落泪!有一次我们去游,一只翠鸟儿静悄悄地站在观音头上,好像在慰藉这位湖边落寞者。

从法海寺到凫庄有一曲红桥,中间断了一节,须用木板搭起来才能通行,须用钱钞才肯搭起这木板。

虽然一小块地,园林丘壑及屋宇都十分相衬,难得是绕湖一带的垂杨。

五亭桥

靠着凫庄便是五亭桥。

这是天下闻名的一座桥,前几年因为地方官舍不得四十块钱的修理费,竟至把巍巍的五个亭子哗喇喇地一齐倒了!这是中国名胜的一大损失,其重要不减于雷峰塔之倾颓。

现在变成"无"亭桥了!桥上的亭基宛然犹在,站——现在无处可坐了——在亭基上俯视往来的游船非常有趣,只可惜亭子全倒,听说现在有人打算重修吧。

有一般人想入非非,每到夏天撑船到桥孔里看牌——扬州人叫打牌为看牌——呜呼!中国人的享乐主义!

熊　园

过五亭桥，远远有些竹林松木，一道很长的围墙，这便是势将兴工建筑的熊园。

熊园是扬州地方人士，尤其是王柏龄——为纪念熊成基烈士而建的一个大花园，有一个委员会董理其事。

西园曲水旁边也有一个新兴的园林，粗笨的红桥，黑漆顶的亭子，建筑去古太远，全无美术性。将来的熊园不知能否点缀湖滨春色，然而在今日八方飘摇的中间而能引起山水的兴趣，倒也未可厚非。

二十四桥

从虹桥到五亭桥，这一带是扬州风景的结晶！过了五亭桥后，不远的地方，湖要转弯，隐隐丘林间有一座桥，很小的，那就是相传的名满天下的二十四桥。

实际上，二十四桥是指当时扬州所有的名桥而言，并不是真有一个桥叫二十四桥，只是二十四座桥罢了。然而关于这点也很有些议论，如《江都县志》所载：

"二十四桥，隋置。《方舆胜览》云：'二十四桥，并以城门坊市为名，自韩令坤省筑州城，分布阡

陌，别立桥梁，所谓二十四桥者，或存或废，不可得而考。'沈括《补笔谈》云：'扬州在唐时最为富盛，旧城南北十五里一百一十步，东西七里三十步，可纪者有二十四桥。最西浊河茶园桥，次东大明桥，入西水门有九曲桥，次东正当帅牙南门，有下马桥，又东作坊桥，桥东河转向南，有洗马桥，次南桥，又南阿师桥、周家桥、小市桥（今存）、广济桥（今存），新桥（今存）、开明桥（今存）、顾家桥、通泗桥、太平桥、利园桥（今俱存），出南水门有万岁桥（今存）、青园桥，自驿桥北河流东出，有参佐桥，次东水门，东出有山光桥。又自衙门下马桥直南有北三桥、中三桥、南三桥，号九桥，不通船，不在二十四桥之数，皆在西门外。'按《方舆胜览》云：'二十四桥，或存或废，不可得而考。'《补笔谈》所载，何历历可数也。又传炀帝于月夜同宫女二十四人吹箫桥上，因名，则所谓二十四桥者，止一桥矣。"

我们却懒去做考古专家，第觉此桥隐隐林泉深处，如果在月光之下，静静地吹起箫来，似乎真有点诗意，也不必限定要什么"玉人"啦！

每过此桥，便联想起杜牧和欧阳修的两首绝唱：

"青山隐隐水迢迢,秋尽江南草木凋。二十四桥明月夜,玉人何处教吹箫。"(杜诗)"绿芰红莲画舸浮,使君那复忆扬州。都将二十四桥月,换作江南十顷秋。"(欧阳诗)

观音山

瘦西湖的尽头便是蜀冈,蜀冈号称三峰,右峰是司徒庙,中峰是平山堂,左峰便是观音山。观音山一名功德山,古摘星亭故址,一模一样地像南京鸡鸣寺。

每当夕阳返照在萧寺的红墙上,寒林漠漠,使你有阅尽六代兴亡之感。

过五亭桥向北直走——坐船又当别论——可以从古时十里珠帘的大道遍览春野的荒冢累累,冷落的人烟,悲愤的吠犬,满壁的牛粪,从此处才看见真正中国式的乡村,然而女孩儿穿的洋袜子,樵夫有的含一枝香烟,这又看出帝国主义的厉害!

观音山的方丈维净听说到城里去了,这天一个朋友的请客是临时通知的,和尚们特为跑进城买菜。在一座既供观音又供罗汉的佛堂前,大家曝日闲谈消遣,有人说这座宝殿真是男女同学,我说观音本是成佛的

一个阶段,各寺院总塑他一个女像,不知何解?

插了两炷香,吃了一碗面,接着吃素菜。自从游了九华山在祇园寺几天款待以后,这一次的斋味还算爽口。村酿半斤,别有滋味——"对酒且呵呵,人生能几何。"

我们素食的地方是一间大客堂,满悬伟人政客官僚军阀以及所谓诗人才子文学家等的大笔,康圣人以他向来吹牛的本领说登蜀冈可揽天下形胜,我则说,登蜀冈才知道康圣人真正的牛皮。

可是风景不坏,从湖中向上望,平山堂还低于观音山;从观音山望,平山堂则恰与相平。我笑对一位朋友说,此山应叫做"平平山堂"。

每年废历六月十八日是所谓观音生日,我们读过《广陵潮》就可以晓得这一天热闹的憧影。前一向来游,见送子观音神龛前还是萧条,此日重游,黄幔高悬了,烧香妇女虔心跪拜,我们在神龛旁大缸内掏盐菜吃。

又参观坐关的地方,别有洞天,精洁无伦。如果不经和尚指点,谁也找不着这样的秘密所在。又登高楼远眺,楼上布置井井。

方丈住的一室格外精美,佛经几种,《平山堂图志》几册,鸡蛋糕片一碗,《江都新报》一张。

平山堂

平山堂之名震天下,凡游扬州的人不到平山堂,等于游杭州不到西湖。

我前后游平山堂,截至现在止,已二十多次。为介绍这一个名胜起见,将我其间四次——第一次,第二次,第九次,第十四次——的游记节录下来。

第一次游平山堂是在一个雪的黄昏。

"谁也料不到我们一行人又飘泊来扬州,霁光也离开他的光华而来了。到扬州是二月三日晚,细雨濛濛。第二天,大雪纷飞,我们乘着一个闲暇,游名满天下的平山堂。

"《平山堂游记》:'呜呼!国难未已而来游平山堂,平山堂出扬州北郭约五里,清溪成河,水平如砥,夹岸垂杨,一带修篁者,瘦西湖也。行此地,始知瘦字之妙,维扬妍丽尽于此,犹西子之纤腰。是日大雪纷飞,银光耀寰宇,从古无人雪夜游平山堂,有之自君左始。过徐园,极泉石花木之盛,五色梅花,争

妍怒放于琼枝玉树巅，余拾数枝而归，幽香满船。对岸小金山，一寺萧然，不见塔而有塔意，无山而有山情。穿五亭桥，亭已圮，桥影历历，令余回忆与亡友曾眉之游虎丘。有圆塔巍峙天表，询知为法海寺，其前别墅，名凫庄，倘刘庄移筑湖心亭，庶几近之。舟逆风行，晚晴欲然，不觉其冷。遥望观音山侧，苍林含烟，银冈拥髻，则平山堂至矣！系舟登陆，折级而上，穿古刹，谒六一先生祠，觅天下第五泉，吊鹤冢，访仙人遗迹，而入平山堂。斯堂严正精洁，呼吸不须向上，即可直通帝座。江南诸峰，争欲与堂平，金山一塔，隐约云际。时近薄暮，眼底虽不见山，而山已尽奔眼底。因念寇氛未息，我独登临，此志未伸，惟有痛哭。唤寺僧取大笔高桌，拂壁题诗——三湘灵秀聚维扬，乱世飘蓬滞异乡。销尽江南烽火气，万梅花拥平山堂。——堂下寒梅万花，拥余而上。古藤二树，幽篁千竿，经数百年而一遇知己。呜呼！堂与山平，而孰与堂平也！僧烹第五泉饮客，谢客题诗。天下崩乱，有客来游，胜迹荒凉，赖诗尚在。庾兰成且休作赋，王仲宣何必登楼，击楫横江，此其时矣。综观游境，尽是图画，实具素质西湖之美，兼擅银装北海之幽。一篙返城，万家灯火。乃添炉炭，煮笋肉，聚亲朋，酣饮畅谈平山堂风物，而其乐真无穷。呜呼！又谁知国难正无已时也。同游者，余友龚霁光、魏西云暨内侄黄立人。民国二十一年二月四日。'

"我们在雪花如掌中游平山堂，及至归时，晚霞一抹，映在远远的疏林之外，红得像胭脂一般。假使在一个花明柳媚的春天，荡着画舫，穿过虹桥，明月当空，玉人隔座，欧阳修传花的故事也不能专美于前了！

"如今一片萧条，何能无诗？《平山堂》：'南朝自古多佳丽，维扬一片繁华地。二十四桥何处寻，玉人不见箫声寂。名园古刹恣遨游，垂杨夹岸拂人头。梅花香雪飘红袖，春水轻波荡绿舟。平山堂外山何在，平山堂在山之外。塞北悲笳动戍愁，江南哀泪偿诗债。问君含笑为何因，斯堂惜仅与山平。若教我化堂前竹，一叶远较千峰青。'"

第二次游平山堂是在一个晴和的正午。

"次仙兄一家人从南京来，我同学艺带着翔儿同他们游平山堂，我是再游了。这次领略了小金山的风味，并在平山堂实行远眺——因天气很是晴和。尤其是万松岭上，一片风涛，驻足静听者移时。

"学艺徘徊堂上,口占一诗:'塔影山光作画屏,寒梅修竹一般清。人人都道西湖瘦,究比西湖瘦几分。'

"我对次仙说:'瘦西湖固佳,但若再取上一个名字,叫做嫩西湖或俏西湖,岂不都好吗?'

"一路到平山堂,风景以凫庄一带为最佳,可惜五亭桥的亭子已圮。平山堂的妙处,就是小河曲曲折折弯到深深的地方,忽然一座平冈,冈上万株苍松,遥遥与观音山古寺红墙相映,越显出苍凉幽媚的古趣。

"我因感于学艺的诗兴,成了一首七律,《重游平山堂》:'万松岭上听风涛,万树梅花尚未凋。半抹青山云影澹,一弯垂柳夕阳娇。人才激荡欧苏易,堂构巍峨岱岳高。寻遍淮东三万里,不堪回首五亭桥。'"

第九次游平山堂是在一个远方好友的会合。

"《九游平山堂记》:'余旅维扬,亲友自远方来者,咸邀余为向导,遍游瘦西湖诸胜,而至平山堂。余最富情感,兼能健步,又游兴甚豪,无论风雪晴晦,必乘兴而游,尽兴而返。自偕余妻学艺游后,其间又若干次,民国二十一年三月二十九日,九游平山堂,同游者、芷香、钦明、立人、天予及云锦,由立人刻名于竹,以志同游之不易。余有句云:乱世妻孥鱼水亲,飘零朋旧脂膏腻。朗吟此联登蜀冈，万松齐啸，山河壮丽。入寺抽得第一签，上吉。忆曩游观音山，曲院禅房，共证菩提，心香双炷，爇檀一枝，曾几何时，回首旧游，已如梦幻。是知天地为万物之逆旅，人生等沧海之浮萍，离合悲欢，阴晴圆缺，自有其一定之因果花絮。然则今日之游，聚相会不可必之人而天涯海角魂梦且数年不通者，一旦欢然道故，把酒论心，胜地寻春，扁舟打桨，其殆有莫之然而然莫之为而为者欤？折小金山垂柳一枝。系以一片，书曰：便化作万缕柔丝，随着清波，流到情人处。投之湖心，一瞥而远。'"

第十四次游平山堂是一个诗酒的留连。

"向复庵兄过江来，我们大家陪他游平山堂。这一天，极烟雨阴晴之变化，我们在乡下借雨伞，访雷塘。我有一小诗是《觅雷塘过宋堡城遗址》：'隋家旧苑草连冈，指点荒台古墓旁。有客远来豪兴足，携风抱雨觅雷塘。'复庵和诗：'细雨如丝过蜀冈，徘徊歧路故城旁。吴台隋墓知何处，遍觅雷桥上下塘。'游雷塘后，由周星北兄招待，在平山堂饮酒赋诗（详见《江苏教育月刊》第三、四期合刊)，我的几首诗是《次复

庵韵》：'求仙不必访瀛洲，检点春衫汗漫游。太白题诗寻五岳，祖生击楫正中流。六朝风月双蛾黛，千古江山一蜃楼。乍雨还晴烟澹澹，暮春天气竟如秋。'《平山堂与天鸥联句》：'忆曾雪夜上平山，白玉堆成竹万竿。今日春光笼满袖，坐观烟雨过江南。'《偶得二十八字》：'客心澹似风前柳，诗兴浓如饭后茶。半月平山同啸傲，斜阳颜色最宜鸦。'《栖灵寺僧折兰花为赠》：'寻歌沽酒小秦淮，谁识侯生有积哀。已是兰花消息断，山僧又折一枝来。'"

法净寺

平山堂旁的法净寺，即古大明寺，亦即古栖灵寺，旧有塔九级，隋时建，后毁于火。唐李白、刘长卿、刘禹锡、白居易皆有诗。清重修。

第五泉

平山堂后院有第五泉，唐张又新《煎茶水记》，品扬州大明寺井为第五，明御史徐九皋立石书第五泉。清雍正间，汪应庚于平山堂凿池得井，味甘冽，人以为此乃古第五泉。

六一先生祠

欧阳文忠公祠在平山堂后,巨栋雕栏,气象轩伟。祠前有大树白兰花两株,花时香闻十里。祠供文忠公石刻像,衣冠须眉,奕奕如生。此地即真赏楼古址。

双鹤冢

在平山堂后院第五泉旁,仅馀残土。法净寺前有双鹤铭碑,颇为一般初学习字之用。

五烈祠

在蜀冈西峰,初祀池、霍二烈女,后增祀裔、程、周三烈妇。

司徒庙

在五烈祠西,祀茅、许、祝、蒋、吴五神。

范公祠

在司徒庙西,祀范文正公,又有胡安定祠。

雷 塘

过平山堂西北行十里即雷塘,雷塘一名雷坡。《寰宇记》有大雷、小雷宫,即此地。《西征记》云:"雷坡有台高二丈,即吴王濞之钓台。"《冢记》云:"雷塘,炀帝葬地也。"

吴公台

在县西北,一名鸡台,宋沈庆之攻竟陵王诞所筑弩台也,后陈将吴明彻增筑之,因号吴公台。

隋炀帝墓

即在雷塘,齐王暕、赵王杲、燕王倓并葬焉。贞观二十二年,太宗诏复萧后位号,使护送至江都合葬。

明月楼

在县东北,扬州赵氏建,一时题咏甚多,赵子昂题楣帖云:"春风阆苑三千客,明月扬州第一楼。"赵氏撒酒器为赠,传为韵事。

迷楼

在县西，幽房曲室，玉栏朱楯，互相连属。隋炀帝建，尝曰："使真仙游其中，亦当自迷。"因名，今观音阁即其故址。

骑鹤楼

在县东北，昔有四人作客于此，各言其志，一愿为扬州刺史，一愿积钱十万，一愿骑鹤上升，一并言腰缠十万贯，骑鹤上扬州，于愿始足。后人于此地建楼，因名。

隋堤

在县城北，隋大业初，开邗沟入江，渠广四十步，旁筑御道，左右树以杨柳，北有戏马台。其下有路曰玉沟斜，为炀帝葬宫人处。

淳于棼墓

在蜀冈北，俗名南柯太守墓（参见淳于棼宅条）。
其余如尺五楼、万松亭、行春台等，早已无存，

故不记。

何 园

我有一篇游记:"余等避难来扬之次日,游平山堂。又次日,闻城中有名园曰何园者,偕霁光、西云、立人往访焉。晴雪初霁,春梅正香,惟街陌泥滑难行。一路探询,遥望甲第连云,气象雄伟,为花园巷,护弁数人,拱一门而立,江苏绥靖署在其中,即何园也。余出名刺,由一副官导余等游,绕园一周,穿石百洞。读前人游记,谓'此园荒废已甚,衰柳残荷,栋宇凋敝,无处不起凄其之感'。自余观之,兴亡成败,理自有常。此日之衰柳残荷,即当年之雕梁画栋,盖创业难,守业尤难。苟吾人而有为者,则破碎江山,犹可一致兴复,况区区一园乎!斯园虽不足奇,然于承平时,充美女百人,歌吹沸天,仿平山竹西佚事,亦自成其趣。又有古藤如巨蟒,盘大树而下,作噬人状,亦一景也。余家丘壑园林,毁于兵,覆于水,而余又不肖,不能继先人之业,坐令天下荒废,今游何园,岂能无所思?昔唐人乱后还京诗云:'惟有终南山色在,晴明依旧满长安。'余登高楼而望金陵,背斜阳而入京口,真不知感慨之何从矣!"

康 山

在城东南隅,其上旧有堂,董其昌题曰"康山草堂",即康海与客燕饮弹琵琶处。

古 井

在旧城小东门内,本明初常遇春驻军地,炮兵遗迹,至今犹存。近归江都贫儿院,以平筑菜圃,井始发现。井式甚古,水清洌可饮,并于井中得古瓶十数,今陈列院中。

董 井

在新城两淮盐运使厅后。《舆地纪胜》云:"董仲舒宅,古江都县,其土也。仲舒为江都王相,居此宅内,有井号董井。"

琼花台

在大东门外蕃釐观,即古后土祠。旧有琼花一株,

花自唐人植,天下独一株,因名琼花观,为隋炀帝宴赏之所。元时朽,以八仙花补之,今则不独不见花,而且已无观,仅断瓦颓垣而已。观内本有无双亭,以琼花天下无双也,宋欧阳修建。观后有井曰玉勾洞天,今均废。

云山阁

在县城南,今废。宋吕公著为太守时建,落成值中秋,宴客其上,秦观以举子入谒,吕素闻其才,请即席题句,秦观援笔立就,末联云:"二十四桥人望月,台星已在广寒宫。"一座叹赏。

文选楼

文选楼在旌忠寺中,我有一篇记述:

"从甘泉街史巷进去往北走,过一条小巷,再转东一条巷就是旌忠寺巷,这巷的东头就是旌忠寺。

"庙门并不大,两旁挂着几个招牌,如江都县教育会、江都县志委员会……一进门自不然是瞻仰那位笑容可掬的弥勒佛。一个小小院子,一棵古树生在走廊下穿出瓦来昂头千丈,正中几间大客堂,挂的大匾一方,是'六朝遗迹'。

"我们转过后一进的大雄宝殿,进殿去,有几个画匠正忙着做纸房子——三四层洋楼;一个穷酸得不堪的和尚扯着一条长麻绳敲钟,我知道他的用意在想钱,不等他敲完,就给他十几个铜板。

"那和尚得了钱,钟自然是不敲了。承他的美意,告诉我们道:'你先生看,那大雄宝殿四个字是颜真卿写的呢。'立人摆摆头,因为颜老夫子如果写出这样的字,我也不要翔儿再写《麻姑坛》了。我和立人只好一笑。

"十八罗汉和观音掠眼一过,又进到第三层后院。这里面名堂可就多了,一层高楼巍然映在眼前,上面一块横额是'梁昭明太子选文处',屋脊上横着四个字是'文风遐邕'。楼下大约住的和尚——可是我们并没有看见。楼上呢?我想一定是文风彬彬的,等到上楼一望,一个小孩子正忙着刷签,见我们来了微微地含笑来招待。

"正中梁上挂的一块匾是'古文选楼',供着一个神像,有五柳胡须的,就是昭明太子。昭明太子的木主,相传也是颜真卿的手笔。我们正在瞻仰这位大文

学家，忽然一眼瞥见左边供有两位神像，那小孩子说：'戴帽子的是关爷，没有戴帽子的是岳爷。'大像前还摆着许多小神位，也不知是一些什么精灵。立人喊着：'这边还有一位文昌大帝呢！'我去看，又见文昌旁还有准提菩萨，站在文昌左右的獠牙赤脸，不晓得是什么牛鬼蛇神。

"正在嗟叹，似乎鼻孔中嗅着一股闷气，原来一股一股的烟从极左的那间小房里冒出来。小孩子笑起来，一边走一边道：'带先生们去看大仙！'

"这倒不能不看看。一进去，差不多分不清方向了，全屋被烟气笼罩着，隐约看见满墙满壁都是匾。熊熊的烛光映着神龛的红绸帐幔，使你两颊都发烧起来。中间供着一个牌位，上写'东华大帝之神位'。小孩子说：'这位是老仙。'我们揭开红帐进去，黑魖魖的墙边架着一张楠木床，绣花红绿绸缎的被褥，本来白布变成了黄布的帐子枕头一应俱全，这就是所谓老仙的卧室。小孩子故神其说道：'到晚上十二点钟以后，就听见他老人家用一根拐杖踱来踱去的步声，有时还伸出头来向外面望望———一部好白胡子！'

"我嗤的一口说：'你不要把我们当你来哄，呸！'

那小孩子急了,又道:'你不信,下面大殿旁还有老仙的足迹,他老人家每天快天亮时候去膜拜佛爷爷,因为还没成正果,所以不能在大殿中间磕头呢,你不信,他还有老太爷在这里。'说完又带我们到一张方桌前,尽供的一些大仙牌位,内有一个崭新用红绫覆着的写着'大仙老太爷之神位'。真是一塌糊涂。

"我们想不到,这一座楼上充满了大文学家、仙佛神、圣贤英雄、菩萨和狐狸精,还有这飘泊的两个游人!

"下楼来了,一心想参观修志局和教育会。向左边一个门进去,吓一大跳!停了一副灵柩,灵位上高悬一个妙龄女人的遗像。一个妇人在守灵,静悄悄的。

"旁边一间中堂,挂着几块灰尘扑扑的匾。

"中堂旁一间破屋,几个人在里面鼾声如雷。这就是教育会和修志局的总办公所?

"实在没有再看的地方,没精打彩出来。先前那和尚看见我们,又要撞钟,我们没有这许多捞什子钱,于是乎溜之大吉。"

文峰塔

文峰塔在南门外,我有一篇记事:

"过福缘寺向南走,经过一座枯桥下不多远,就听见叮当叮当的响声,一会儿,七层高塔矗立在前面。

"码头石级荡然无存,小小照墙上有'文峰塔'石额。一个乡下老者正在摩挲古香炉,发吊古之幽情。

"静幽幽地站在塔下听风摇铁马的清音,闭目一想,仿佛置身在韬光、灵隐间,听竹林的幽籁。

"管塔的和尚不知哪里去了,我们没有上去。这几年登宝塔也登多了,不如任性在塔下徘徊,围着塔瞻仰。

"文峰寺呢?可以说,简直没有影子;黑暗不堪的一间大房,旁边一排破阑干,衰草连天!"

芜 城

芜城,就是指广陵。宋竟陵王诞居广陵,乱后城邑荒墟,参军鲍照作《芜城赋》伤之。

东　阁

梁何逊咏梅之所,今不可考。杜甫和裴迪诗:"东阁官梅动诗兴,还如何逊在扬州。"

孔融宅

在城东,今不可考。

淳于棼宅

今不可考。唐李公佐《南柯记》云:家居广陵郡东十里,宅南有古槐一株,棼尝梦槐安国王召尚金枝公主,大猎灵龟山,出守南柯郡,爵邑宠贵二十年,及觉,方悟入古槐穴耳。

盘古冢

城西四十里有盘古庙,庙址即盘古冢,今不可考。

广陵驿

在南门外驿街东。

杨子津

在城南十五里,即杨子桥,一名杨子渡。唐祖詠、孟浩然、刘禹锡、元萨都刺有诗。萨都剌诗:"上马送客杨子津,下马饮客金陵春。主人上马客已渡,回首江南江北人。"

古邗沟

即今运河。《左传》:"吴城邗沟通江淮。"杜预注云:"于邗江筑城穿沟,东北通射阳湖,西北至末口入淮,通粮道也,今广陵韩江是。"《水经注》云:"吴筑邗城,城下掘深沟,谓之韩江,亦曰邗溟沟。"明钱应金诗:"烟荒日澹古邗沟,淮水遥连江水流。六代繁华馀腐草,至今萤火照扬州。"

福缘寺

福缘寺在南门外运河边. 我有一篇记:

"那天吃了中饭同立人散步南郊,好晴明的天!出了南门,街市反比城内热闹些,转了一两个弯,即下坡伴着运河边走。运河的风景倒不错,这天正刮的南风,许多风帆满满地跑风,像鹰羽一般的插在波上。

"渡过河,上岸就到了一座大庙——福缘禅寺。迎面一个小殿,封条贴得紧紧的,是水灾救济会保存的美麦,听说还有二三千包。

"从大殿的宏丽与结构的严整看来,这个庙在当初一定也是大丛林之一,可是我们没有发现和尚,一个好像守庙的老者,咳嗽连天地在擦水烟袋。

"看了一会,进到后层,一群野狗狂吠起来。整整一排房屋是方丈室,我们从侧门进去,倾颓的墙与破落的房子,真是萧条不堪。有一个穿长衫的人摇摇摆摆走出来,问他,知道他是守美麦的人。

"我拿着一块大砖防狗,直到大门外丢去。大院里覆着一口满铸《金刚》全经的大钟。

"出了门,还隐隐听见那老者的咳嗽声。"

天宝观

明万历间山西之经商于扬者公建。内有黄箓,颁自内府,每于岁朝悬设,郡人士往观者踵接,素称名胜,后为守观者盗质,观亦荒废。清乾隆二年晋人复修之,郡守高士钥有记。吴宏隽《过天宝观》诗:"古

观仙人去不归,松阴小阁日微微。双童隔院敲棋子,惊起闲花满砌飞。"

现在哪有这样好景啊!我曾去游,有记:

"毗连福缘寺有一条极长的矮围墙,远远望不出门来,沿墙走,寻出一个缺口,便从这缺口踏步进去,经过一个极大的荒疏的菜园。

"一座朝西的破屋,屋前一堆翠竹,风摇着瑟瑟地响,一两株瘦梅像害相思病地在那儿开花。

"古井边一块碑,埋没在荒草土堆中,摩挲了许久,只知道是明时重修过的。

"从破屋空窗向里望,吕纯阳塑像后有一排还整齐的房间,似乎有两个妇人掠眼而逝。

"这种神秘之窟有点令人模糊,我和立人站在竹林间静待了一下,也不见什么动静。回头就走,却无意在檐角下拾着一个铁制大挖耳。立人笑问我这是什么?我猜不着,立人道:'这就是挖大鸦片烟斗灰的。'

"出缺口时见两个流痞似的伙伴醉醺醺地冲进来,几乎扑一个满怀!

"承一位老婆婆指点入城的路,转弯走过这破屋后面,原来石头上刻着'天宝观'三个大字。

"鸦片?女人?'天宝观'?我这样萦回地想。"

古观音寺

从扬州中学笔直向西走,过府西街观音寺巷,进巷就是古观音寺。

这个庙曾做过收容所,分外破落荒凉不堪,可是规模并不小,佛像也堂皇。香火呢?只剩正殿前插的几只磕头小蜡烛,烛光愀然!

狗也没一个,只一个五十上下的男子,坐在长凳上细细地补衣,从大铜框眼镜中瞟了我们一眼。

石塔寺

王播题诗碧纱笼的古石塔寺,就在古观音寺过去一个巷子,过城隍庙、禹王庙,就到石塔寺。

可是现在驻着兵,如同天宁等寺一样。一座石塔在院里伸出塔顶来。

庙旁是施粥厂。沿城根一带尽是蓬户——贫民家,臭秽得不堪。

石塔寺为西晋遗刹,旧为蒙因显庆禅院。宋元嘉中为慧照寺,又名高公寺。唐先天初为安国寺,乾元

中为木兰院。王定保《摭言》云：王播少孤贫，客扬州木兰院，随僧斋粥，僧厌苦之，饭后始击钟，播因题诗于壁云："上堂已了各西东，惭愧阇黎饭后钟。"后二纪，播登第，出镇扬州，至院，则向所题之诗已用碧纱笼之矣。因续题云："二十年来尘土面，于今始得碧纱笼。"又题云："二十年前此地游，木兰花发院新修。如今重到经行处，树老无花僧白头。"寺因此以木兰著名。及开成中，建石塔，藏古佛舍利，遂改名石塔寺。苏轼有诗讥王播："饿眼眩西东，饥肠忘蚤晏。虽知灯是火，不悟钟非饭。山僧异漂母，但可供一莞。胡为二十年，记忆作此讪。斋府养若人，无益只遗患。乃知饭后钟，阇黎盖巨眼。"又有《端午小集石塔寺》诗。元成廷珪、明蒋方、郑二阳均有诗，清桑豸诗："纱笼不见旧时题，但见寒烟冒塔低。从古王孙艰一饭，钟声何必怨阇黎。"

静慧寺

在南门外，宋初建，本席氏园。康熙有诗："画舸分流帘下水，秋花倒影镜中山。"我有记：

"看过《广陵潮》的都知道扬州静慧寺月航和尚的

香艳小史。我开初以为决无月航其人,及至今天一游,见着所谓信女的供钟,不是明明铸着月航的大名吗?

"静慧寺在南门外不多远,与福缘寺隔运河对峙,大小规模差不多,因驻兵的损失也差不多。可是静慧寺的大殿——全部大理石的伟大佛座,白石雕细花的石版,空旷高大的明楼,满寺的花木等,都是福缘寺所不及的地方。

"大门关得紧紧的,从门隙向内一望,一个老头儿蹲在草地上挖荠菜。由一个耕者的指示从侧门而入,找着一个小孩子带着参观,海阔天空,阒无一人,和尚的影子都没有,说是做什么道场去了。

"从这个戴小红帽顶的小孩子口里知道,这里的方丈叫做智海,月航是他前几代的老师父。

"无论哪一处都是驻兵损失的惊人表现,荒凉破坏得不堪。幸而大殿闭得紧紧的,平时军队不进去,还保存得干净。这几年新装的佛像,金碧辉煌得夺目。

"好了!忽然从一个破门里钻出一个和尚来了,回头再望,远远一座圆门里又慢慢地走出一个和尚,都是没精打彩的,为着兵,叹声咽气。

"据一个和尚说,静慧寺的田产现在只剩得七八百

庙了，和尚同用人一共只有二三十人。

"奇怪的事就是不见一块匾额，据说是除了大雄宝殿一块尚未装上外，其馀的都被丘八太爷烧掉了！至今大楼上下，砖头稻草狼藉，秽臭得不堪！"

长生寺

我有一篇关于长生寺的记事：

"从富春皮包水出来，学艺、觉生回去了，我同钦明、心民到缺口城外过河的长生寺一游。

"说起长生寺，在扬州是很有名的。这一位方丈可端——该寺僧侣称为可老师傅——能力异常的大，逸事也非常的多。记得在一次酒席上，有人曾经介绍这么一回事，并且说从前扬州报上曾登过一联是'潇洒徐娘，居然称士；风流和尚，何可名端'。我们为着这种好奇心，老早要来的，至今日才如愿以偿。

"这个庙虽是新修不过几年，但它的巍峨壮丽，气魄堂皇，屋宇整洁，在扬州各寺中实不多见。

"有一位扬州著名的盐商萧家萧老太太，对于此寺富有特殊的关系，她花了不少的钱送给和尚做佛事，功德无量地起了一座三层高楼——弥勒阁，小小的庭圃与曲曲的回廊，还有些什么名人文士的匾额，点缀其间。

"可端，据两个聪秀的小童说，不在家了，也许到了城内埂子街的下院。由一个活泼的中年和尚名叫心什么的作陪，引我们游弥勒阁，一层一层指点，二三层都有悬有萧老太太——萧居士的尊容，第二层那副尊容，真有点像那一位耍金箍棒的。

"下层的玉佛，钦明抚着她的玉腕用日语说她的白而且嫩。四十九个石凳子打坐用的，我们在那里坐了一会儿。听说还有一处非常幽密，地毯有脚背那样厚。

"最妙的是引用佛经佛旨佛法佛意，何必一定用以下八个字来表现——弥勒阁上不是明明刻着'广大即入，尘毛包纳'几个大字吗？

"我游这寺的感想与他庙不同，因为先已有了一个有趣的印象，所以游来处处有趣。"

山光寺

在县东北湾头镇。隋大业建，本炀帝北宫。唐张祐诗："人生只合扬州死，禅智山光好墓田。"宋王观诗："不须谈贲卦，兴废古今同。"皆指此。经宋改建，

梅尧臣、米芾、苏轼、贺铸皆有诗。

宝胜教寺

在城南扬子桥,唐贞观间建,明洪武重建。明陈献章诗:"他乡今夜扬州月,春阁高歌宝胜僧。"

开元寺

唐建,清顺治间迁于傅李桥。唐刘长卿、卢纶、罗隐有诗,卢诗:"寒蝉噪暮野无岸,古树伤秋天有风。"罗诗:"云中鸡犬刘安过,月里笙歌炀帝归。"

孝感寺

唐建。牛僧孺《幽怪录》载明皇观广陵灯事:上元夜,有仙人乘彩云自西来,临孝感寺,奏霓裳一曲而去。

宝轮寺

南门外,明万历间建。清许迎年诗:"春开慧眼花双树,天浸禅心月一潭。"

福国寺

南门外河岸,明季僧明道建,本名福缘庵,清重修,即前述之福缘寺。钱谦益诗:"上方三界在,八表一云同。"

高旻寺

南门外三汊河西岸,有天中塔。康熙赐赠甚多,有《高旻寺碑记》。清李楷有《天中塔赋》。

慈云庵

明万历间冯于王为诗人王醇建,在城南静慧园后。醇额其室曰"宝蕊楼",曰"湛华幢",有诗:"银湾来天色,碧浪泻风声。白昼如深谷,净根寡所营。"

法云寺

新城运司治南,为晋太傅谢安宅,内有双桧,安所植,宋时尚存。唐刘禹锡、张祜、温庭筠皆有法云寺双桧诗。

禅智寺

在城北五里,即上方寺,本隋炀帝故宫,一名竹西寺。内有石刻吴道子宝誌公像、李白赞、颜真卿书,谓之三绝碑,又有石刻宋苏轼送李孝博诗。"禅智山光好墓田",即指此与山光寺而言。

天宁寺

天宁为扬州第一大庙,在今天宁门外,唐武则天时建,初名证圣寺,继改正胜寺,宋名天宁禅寺。世传唐柳毅舍宅为寺,旧供有柳长者像。又传寺为晋太傅谢安别墅。

其他各寺

扬州寺院庵堂甚多,不胜列举,如崇宁寺、都天庙、救生寺、天王寺、太平寺、大圣寺、清凉寺、向善寺、菩提寺、白塔寺、西方禅寺、龙兴寺、扬子寺、雍熙寺、投子教寺、北大河寺、开福寺、观音教寺、南来观音寺、广福寺、护国寺、万寿寺、香阜寺、善觉寺、万佛寺、慈云寺、于阗寺、镇国禅院、普门禅庵、广荫庵、定慧庵、九莲庵、水月庵、延寿庵、万福庵、吉祥庵、浮山观、三清观、紫极宫、崇道宫、天妃宫、碧霞引宫、三元宫、万安宫、离明宫、共清宫、真一堂、梵觉禅寺、惠照禅寺、甘泉寺、华林寺、铁佛寺、寿宁寺、建隆寺、圆通寺、普慈寺、宏恩寺、龙光寺、竹林寺、万寿藏经禅院、准提禅院、东隐庵、柳荫庵、三祝庵、地藏庵、观音庵、万松庵、元妙观、元帝观、明正观、佑圣观、碧天观、白鹤宫、武当行宫、萃灵宫、斗姥宫等，全系和尚尼姑道人斋公等荟集之所，尤以尼姑庵为最有名，吉祥庵有两株最大的牡丹，许多游人一边看花一边看尼姑。

附录

关于扬州的参考书一斑

《荆楚迁代记》一卷　梁任昉著

《扬州记》一卷　隋曹宪著

《巡抚扬州记》七卷　隋诸葛颖著

《幸江都道里记》一卷　隋诸葛颖著

《扬州谱抄》五卷　作者名氏不传

《江都集礼》一百六卷　《集礼图》五十卷　隋炀帝命作

《大业拾遗记》　唐颜师古撰

《大业杂记》十卷　唐杜宝撰

《开河记》一卷　作者名氏不传

《迷楼记》一卷　作者名氏不传

《广陵烈士传》一卷　唐华禺撰

《广陵志》一卷　唐郑廷诲撰

《邗沟要略》九卷　作者名氏不传

《维扬胜概录》三十八卷　宋孙蔓著

《大观扬州图经》 宋刘彦惇著

《维扬巡幸记》 作者名氏不传

《维扬过江录》一卷 宋叶梦得著

《戊申维扬录》一卷 作者名氏不传

《宝祐维扬志》三十六卷 作者名氏不传

《广陵志》十二卷 宋郑少魏著

《广陵馀事》 宋范处厚著

《郡乘正要》八十卷 宋赵鹤著

《文山寓扬忠愤录》 宋赵鹤著

《明洪武扬州府志》十五卷 作者名氏不传

《成化维扬志》十二卷 明高宗本编

《嘉靖维扬志》二十卷 明盛仪编

《万历维扬志》二十七卷

《江都县志》四卷

《广陵耆旧传》 以上三书 明陆弼编

《广陵春秋》 明杨櫄著

《明江都县志》 明赵讷辑

《守扬疏议》 明吴桂芳著

《维扬关志》五卷 明焦希程辑

《维扬人物志》八卷 明黄瓒辑

《维扬人物续志》十二卷　明张榘辑

《维扬正祀录》六卷　明易瓒著

《广陵十先生传》二卷　明欧大任著

《广陵纪事》四卷　清桑豸著

《扬州府志》　清康熙时本

《江都县志》　叶弥广编

《江都赋》一卷　唐皮日休撰

《江都赋》一卷　唐侯圭撰

《广陵集》二十卷　宋王会著

《扬州赋》一卷　宋王观著

《扬州集》三卷　宋马希孟编

《扬州后集》　元陈洪範著

《邗城子》二卷　明周璠著

《琼花集》五卷　明曹璿撰

《琼花考》一卷　明杨端著

《维扬芍药谱》　明曹守贞辑

《广陵诗集》五十六卷　明卢纯学辑

《广陵旧迹诗》十卷　明郭士璟著

《淮扬治水图说》　明史奭著

《芜城集》　明史申义著

《扬州御寇录》一卷　清倪在田著
《广陵通典》十卷　清汪中著
《扬州足徵录》二十七卷　清焦循著
《邗记》六卷　清焦循著
《平山堂图记》十卷　清赵之璧编
《扬州画舫录》十八卷　清李斗著

扬州的形势

扬州四通八达为东南都会，清雍正十年分境之西北属甘泉，东南属江都。西多高壤接濠、滁，北枕赤岸、邵埭、黄子诸湖，拥长淮，都以甘泉为主；若所谓东际沧溟，南襟大江，这只有江都一县独擅的形势。县治去海虽远，但由湾头闸东下直抵泰、通，即经海之门户；淮河上下多沃壤；东南有张纲沟、大桥、嘶马诸镇濒于江，潮汐所通，生殖很繁；迤逦而南，则江洲可居之地，星罗棋布，足为内蔽，田肥美，人殷富；正南则高旻寺浮图屹然拱峙，据三面水：一由真州入江宁，一由瓜洲下镇江，瓜洲巨镇，控制京口，是一种陡塞，每年数百万漕船浮江而至，各地贸易迁徙之人，往还络绎不绝。沈括说的"日夜灌输，京师居天下之七者，率

于江都先之。"可想见扬州形胜的一般。

我们再将古人论扬州形势的代表记述节录于次。

县为一都之会,故曰江都。(应劭《风俗通》)

重江复关之险,四会五达之衢。(鲍照《芜城赋》)

广陵控接三齐,青、兖同镇,西至淮畔,东届海隅,土甚平旷。(《南齐书·地理志》)

旧城置在陵上,一名阜冈,一名昆仑冈。《河图括地象》曰:昆仑山横为地轴,以此陵交带昆仑,故曰广陵。(《元和郡国志》)

江左大镇,莫过荆扬。(杜佑《通典》)

面大江而负山。(《皇甫湜集》)

扬,九州之一,地总淮海,陁制吴会,前代建府之重,东南为冠。(韩琦《扬州厅壁题名记》)

西北极淮,东南拒海,江湖之间,尽有其地。(秦观《扬州集序》)

扬为州最古,南傅海,北犍淮,井而方之,盖万里,后世乖离鈲析,殆且百郡,独广陵得鼎其名,故常称巨镇,为刺史治所,为总管府,为大都督府,为淮南节度使。方唐盛时,全蜀尚列其下,至有扬一益二之语,他方莫与京也。(洪迈《平山堂记》)

附录：扬州的形势

俯江湄，瞰京口，南蹠巨海之浒，北压长淮之流，江左之大镇也。(《玉海》)

长海之区，绵亘数百里，扬其都会也。迷楼九曲，凤池萤苑之名，甲于前代，而十里珠帘，二十四桥风月之景，尤为佳丽。以至春风荡城郭，满耳沸笙歌，与夫重城向夕，绛纱万户，珠翠嗔咽于街陌者，又天下所无也。(《广陵志序》)

自淮而南，以楚泗、广陵为之表，则京口、秣陵得以遮蔽，自广陵而抵淮阴，此全淮之右臂也。(《山堂考索》)

扬州气吞吴会，燕赵关陕之喉舌也。(《嘉靖维扬志》)

维扬古九州之一，江都为之附邑，袤延数百里，北枕三湖，南抵大江，今昔称海内一大都会，且为南所襟喉，漕运盐司关国家重计，皆莅斯土。(《万历志》张宁序)

古扬州之域，东南尽吴楚百粤，广轮几万里，今扬州特一郡耳，而江都又附郡一县，其视古者，渺乎微矣。然据全扬之形胜，则东际沧溟，南襟大江，北带长淮，盖东南一都会，亦讦讦乎称雄哉。(《万历志》

陆弼序）

　　扬地横亘跨连，据江海之胜，以为阨塞，而又囊括绠引，总四方之利，以为灌输，其于国家，则所谓门户咽吭也。（《万历府志》序）

扬州的沿革

世代	区　域	郡国府	县
唐	扬　州		
虞	扬　州		
夏	扬　州		
商	扬　州		
周	扬　州		
春秋	扬　州		
战国	扬　州		广陵县
秦	扬　州	九江郡	广陵县
项楚		东阳郡	广陵县
西汉	扬　州	荆　国	广陵县
	徐州郡	吴　国	广陵县
		江都国	广陵县
		广陵国	广陵县
			江都县
			舆　县

附录：扬州的沿革

续表

世代	区　域	郡国府	县
新莽		江平郡	定安县
东汉	徐州部	广陵郡	广陵县
			江都县
			舆　县
三国	徐州部	广陵郡	江都县圯于江废，广陵县亦废
晋	徐州部	广陵郡	广陵县
			江都县
			舆　县
宋	南兖州	广陵郡	广陵县
			江都县
			舆　县
齐	南兖州	广陵郡	广陵县
			江都县
			齐宁县
梁	南兖州	广陵郡	广陵县
			江都县
北齐	东广州	广陵郡	广陵县
		江阳郡	江都县
陈	南兖州		

续表

世代	区　域	郡国府	县
周	吴　州	广陵郡	广陵县
		江阳郡	江都县
隋	扬　州	江都郡	邗江县
			江都县
			江阳县
			本化县
唐	南兖州	扬　州	江都县
	邗州		江阳县
	扬　州		杨子县
	淮南道		
五代	扬　州	江都府	江都县
			江阳县
		东　都	江都县
			广陵县
		大都督府	江都县
			广陵县
宋	淮南道	扬　州	江都县
	淮南东路	大元帅府	江都县
			广陵县
元	江淮行省	扬州路	江都县

续表

世代	区　域	郡国府	县
	淮南行省		
明	南直隶	扬州府	江都县
清	江苏布政司	扬州府	江都县
民国	江苏省		江都县

扬州的杂话

隋时言江都而不言广陵者，正避炀帝讳也，然炀帝恋江都之盛而不归，竟死于广陵，得非广陵之名为炀帝先谶乎？（江辰六《文集》）

上尝辇至郎署，一老郎须眉皓白，衣服不整，上问曰："公何时为郎？何其老也。"对曰："臣姓颜名驷，江都人也。以文帝好文，而臣好武；景帝好老，而臣尚少；陛下好少，而臣已老。是以三世不遇也！"上感其言，乃用为会稽都尉。（《武帝故事》）

杨克恭，江都昭武将军捷孙女，有《兰藻阁诗》，佳句如"烟迷巴峡猿啼影，香冷孤山鹤守家"。（《吴兴诗话》）

草衣道人王微，字修微，江都女子。初为归安茅止生妾，后归华亭许鉴卿，而皆不终。吴兴姜兆熊《樊川丛话》云：壬辰秋，陈眉公同草衣道人王修微诸子，道人有山水癖，游苕上诸山，所至扶藤攀葛，折钗堕珥，不悔也。有诗云："夹山秋亦冷，木叶下纷纷。斜日已离别，扁舟况送君。瑶华一以折，零落不堪闻。何处题纨扇，新诗寄白云。"著有《期山草樾馆诗集》。

费锡璜早有诗名，尝游红桥，得句云："春水柳条浓淡绿，桃花人面浅深红。"其时康尧广特作双钩剔墨纱灯，书二句于其上，延词人共赏之，一时传诵。

江都尚有一事可述，即梁典存兄弟与陈镇岩设三和酱菜公司于扬城，驰名海内，其设备组织管理皆科学化。蓄金鱼一百数十缸，各种俱备，五色烂然，其鱼为国中所仅见，殊可珍贵。梁氏兄弟复设一大照相馆于多子街，名映日轩。余居扬数日，辄叹其民性之惰，惟梁、陈诸君能独立不拔，经营新时代之事业，孜孜不息，颇觉难能而可贵云。

图书在版编目（CIP）数据

扬州旧话两种 / 王稼句编. -- 北京：华文出版社，2024.7

ISBN 978-7-5075-5967-5

Ⅰ.①扬… Ⅱ.①王… Ⅲ.①散文集－中国－现代 Ⅳ.①I266

中国国家版本馆CIP数据核字（2024）第112141号

扬州旧话两种

编　　者：	王稼句
策　　划：	胡　子
责任编辑：	寇　宁
出版发行：	华文出版社
地　　址：	北京市西城区广外大街305号8区2号楼
邮政编码：	100055
网　　址：	http://www.hwcbs.cn
电　　话：	总编室 010-58336239　　责任编辑 010-58336195
	发行部 010-58336267
经　　销：	新华书店
印　　刷：	三河市航远印刷有限公司
开　　本：	787mm×1092mm　1/32
印　　张：	6.75
字　　数：	95千字
版　　次：	2024年7月第1版
印　　次：	2024年7月第1次印刷
标准书号：	ISBN 978-7-5075-5967-5
定　　价：	48.00元

版权所有，侵权必究